诗
想
者

H I P O E M

生　活　，　还　有　诗

不是虚幻

Bushi Xuhuan

伊路 著

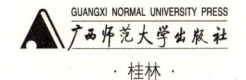

广西师范大学出版社
·桂林·

特约策划/ 刘　春
责任编辑/ 吴福顺
责任技编/ 王增元
封面设计/ 桂　裴

图书在版编目（CIP）数据

不是虚幻 / 伊路著. —桂林：广西师范大学出版社，2022.10
　ISBN 978-7-5598-5283-0

Ⅰ．①不… Ⅱ．①伊… Ⅲ．①诗集－中国－当代 Ⅳ．①I227

中国版本图书馆 CIP 数据核字（2022）第 152731 号

广西师范大学出版社出版发行

（广西桂林市五里店路 9 号　邮政编码：541004）
　网址：http://www.bbtpress.com
出版人：黄轩庄
全国新华书店经销
广西广大印务有限责任公司印刷
（桂林市临桂区秧塘工业园西城大道北侧广西师范大学出版社集团有限公司创意产业园内　邮政编码：541199）
开本：880 mm ×1 230 mm　1/32
印张：8.625　　字数：170 千
2022 年 10 月第 1 版　　2022 年 10 月第 1 次印刷
定价：68.00 元

如发现印装质量问题，影响阅读，请与出版社发行部门联系调换。

目 录

第一辑 鸣啭之灵

003　被宠爱的孩子
004　仿佛爱
005　美好
006　贵客
007　如果别人没听见
008　为我为之
009　愿望
010　鸟儿要用多少种方式飞
012　头顶上空
013　生动和幸福

015	失眠的空洞
016	大笼子
017	洗澡
018	万类的幸福
019	良辰美景的戏台
020	愚人节
021	那只白鸟
022	鸣啭的曲线在变化
023	我的心不宁
024	黄灿灿的抽屉
025	一个早晨
026	理所当然
028	忽然孤单
030	喜鹊叫
031	依靠
032	大的原因
033	发言
034	陶然
036	鸟儿怎么以为
037	提醒
038	小窝儿
039	黄昏
040	搬移

041 小刀子

042 棱镜

043 鸟儿一飞走就像是永别

044 闷着的罐子

045 为何呢

046 舞台

047 江山

048 烟尘里

049 世物

050 我无法看到

051 钻石

052 黑暗是大妈妈

053 树冠

054 风没有形状

055 宝贝

056 看树

057 它俩

058 欢愉

059 黑鸟

060 一致

061 晨曲

062 维持

063 感激

064　幸福

065　月亮

066　河岸

067　隐秘

068　构成

069　不寻常的大鸟

070　一只鸟儿在笑

071　数叶子

第二辑 至亲的关系

075　正午

076　璞玉

078　瓷瓶

080　廊桥

081　半月里

083　祠堂

085　迷途的羊

087　台风降临

088　海难者的母亲

090　海堤

091　海滩上的一只狗

093	凝望一棵树
095	遭难
097	乌云
099	家园
101	孤独
102	独舞
104	不是滋味
105	世界的心隐隐地疼
106	患者
108	据说
110	平安地带
111	像睡着的世界
112	一块废墟
113	风干预不了
114	问题
115	因为有醒
116	音乐弥漫
117	有一种冷酷和冷静也坚定不移
119	那束白花
120	繁星呈现
121	硬道理
122	坡上的桃花
123	异常的方向

124	奇迹
126	两个海
128	最后
129	保护
130	雨越下越大
131	难道宁静要耗掉所有
133	荒野
134	黑夜旅途
135	刻在墓石上的名字
137	元旦日
138	在飞机里看日出
140	想起你的出生
141	永恒
142	至亲的关系
143	你的远在指导着我
151	风暴角

第三辑 不是虚幻

161	不是虚幻（长诗）
161	第一章：其实是
169	第二章：也可能

175	第三章：匣子
189	第四章：爱如牙齿
196	第五章：木马
205	第六章：加固
216	第七章：孤独的钉子
221	第八章：忧郁
228	第九章：容器
235	第十章：裂口
241	第十一章：柔软的刺球

259　　后记

第一辑

鸣啭之灵

被宠爱的孩子

又是那几只黑鸟儿
在棕树扇形的大叶里翻飞
有什么比这更好看的吗
真是神的殿宇无所不在
棕树那不引人注意的果子熟了
一串串黑玛瑙似的
会让羽毛更乌亮

我认得这只,那只
又错乱了
干脆把它们统一称为
被宠爱的孩子

你也是被宠爱的孩子啊
有了这样的一棵树
这样愉悦的时刻

仿佛爱

格外耐心地变化着音调
像知道我心事,要帮我分担点什么
到窗口看看
却不知在哪里

觉得那眼睛还在看着我
龙眼树的叶子晃了晃
它飞走了
声音依旧在心里绕

在回老家照顾生病母亲的日子里
似乎又是这只鸟儿在窗外鸣叫

鸟儿在哪儿叫都一样感动人心
都像是同一只鸟儿
仿佛那涌动的小胸腔,应和着天地万象

仿佛爱无所不在

美好

在我家的晾衣杆上
叽叽啾啾对话，亲昵又快乐

体型纤巧，修长，闪动着光
赛过所有的演员和模特

传情的眉目
真是看不过来
像两座春天的湖互相拍溅

忽又飞舞了起来，上下环绕追逐
把我的晾衣杆
变成排练幸福的道具

你们使我开眼界了
一秒钟里，虽有无数的丑恶和苦难
也有无限的美好

贵客

横飞过对面的操场
黑夹紫纹的尾羽,墨绿带灰斑的肩背
小小的头,喙是鲜红色的
它一定是来自大山里的贵客

停落在屋旁的棕树上
气咻咻惊悸的样子
我们见面的缘分,在多么宽广的风涛中

猛地就听见
它叫出了一个小山谷,凉凉的
又听它把小山谷变幻又变幻
猛地它又一个小山谷一个小山谷般飞了去

如果别人没听见

跳跃而来
进入对面楼房之间的小巷
穿过吊车和脚手架
往我屋子的墙角一拐
滚进耳朵里一粒也没掉

想那遥远的一整座山的百鸟和鸣

这酷暑里的一串
在多少条河流里浸过

为我为之

如此快乐地飞舞在
这么个角落的枝丫间
树叶拍动朝着天光闪亮
我的心仿佛成了那叶丛
而四周多么荒寂
我就当作是为我为之
想它可能的经历
永恒的神秘宝匣翻弄在我心间

愿望

那粉红的舌尖
是怎样灵活的钥匙
一个劲地忙碌鸣啭
像空气里有很多密封的小门
鸟儿也在我心里急切地鸣啭

一颗心有多少重门

我感到了光亮,愉悦又缭乱
像要和鸟儿一起
生出一个愿望

鸟儿要用多少种方式飞

整个午后,只记住一只鸟儿
无前无后的一截飞
满目的草叶柔柔地舞动
无法回忆那羽毛的形状
它只是一闪就不见了

一直不明白
鸟儿是否可以飞得慢一点
　或更快
是飞得快累,还是慢累
太慢会不会掉下来,太快会不会撞到悬崖

废墟上不知名的小树越长越高越浓密
遮掩住后面的马路和车辆
总让我感到那儿有一条汹涌的河流
飞机又从头顶轰响而过
总以为有长长的雷鸣滚过天空

鸟儿要用多少种方式飞

小小头脑怎样警觉辛苦

头顶上空

开始是一只,像一个安静的壶
又飞来一只,变成一丛变幻的剪刀

听不到声音,但有声音的样子
把空气剪开又剪开
一簇簇声音之花

从一根电线搬移到另一根
一共有四根电线
多一根就是五线谱了

但四根已经足够
让它们把快乐演绎到令你嫉妒的完美

当时马路上非常繁忙
谁也顾不及头顶上空的事情

鸟儿也顾不及其他
甚至不把幸福藏进就在旁边的玉兰树里

生动和幸福

一只鸟儿落到对面的爬墙虎里
马上就和叶子混在一起
让我好一阵找,直到
它转了一下头,露出白色的脖子

它转头是因为还有一只
在斜下方的枝条上,它就这样
暴露了自己也暴露了同伴

但我不是枪口,也不是相机
我只是想把它们的生动和幸福
存进诗歌的宝库里

我已经存好了
它们还在那,我就遗憾
刚才是否有精彩细节错过

这是没办法的,现在

它们又不知在哪儿,很神秘地叽叽喳喳
怎么也找不到了

失眠的空洞

那喉咙是一管笛
胸腔是排笙
身体是小提琴
穿心穿肺,诉尽心意
一滴滴、一串串、一弯弯、一涟涟

我从床上坐了起来
看了看表
五点,是清晨了

我的胸口有一个失眠挖出的空洞
鸟儿耐心地把它填满

世界还像沉默的大钢琴
很快会被踩得轰响
鸟儿,这一次
你的声音不会叫出去就没有了

大笼子

那一朵朵花开般的声音
一再表明"我喜欢你"
把我的心也叫开了花

这只黄色的小鸟儿
整个身体也像一朵花
无法跟它说我也喜欢它

洗好的衣服不敢拿去晒
担心会把它惊跑了

有时也喜欢把天地想成个大笼子
和鸟儿住在一起不吵架

我们一样谦卑
暗藏着恐惧

洗澡

大雨

它站在电线中央

头在羽毛间钻来钻去

翅膀扬起,拍拍打打,扑腾跳跃

舒服极了的样子

这澡堂是最大的,喷淋的龙头也是最大的

它独享

令我羡慕

自己怎么就不站进去

万类的幸福

除了那纤巧体型,美艳羽毛
还有什么呢
小灌木如此乐意
任其在枝间跳跃,觅食可口的籽粒
飞瀑急流,星云的队列
遵其引领,穿流环绕
占用的空间不到一立方米

想那许多的一立方米
万类的幸福互相感动
如何丰盛了世界的拥有

良辰美景的戏台

从我身旁呼地飞过转眼就到了对面楼的檐口
满胸腔的长短音管推进抽出那个忙啊
那隐在杧果树里的终于不太乐意地拨了一下小弦

有什么对不起对方吗
人家不吭气了
后来它干脆飞到杧果树里去
好像还是没协调好
回到原位来继续诉求

日暖春煦,良辰美景的戏台皆是
那杧果树里闪耀出了蜜色的小旗子
我要午睡了
不懂纪律的鸟儿
要把幸福彩排到何时了呢

我在心里跟它俩说
天堂降临在那片林子里了

愚人节

那鸟儿肯定是在叫我
能感觉它的喙朝着我,眼睛盯着我
坚定的两声,又两声
像要把我叫出去

接着,又有一只叫了起来
声音纤细,比较温和,像询问和劝告
又变成好几只在叫
像争着出主意,头凑在一起

一只白蝴蝶在茂密的龙眼树外磕碰
它们可能在里面

最后叫的一只似乎比较有威望
宽厚的几声,像召唤和鼓励
也表明准备放弃

你们自己怎么不出来
因为有很多伙伴吗

那只白鸟

那鸟儿的身体过于白,过于洁净
显得河水太脏了
它低低地接近水面
一直没法贴下去
它是那样地突出
使周围的一切黯然

后来它像把河流上方的空气当成河流
扇动着翅膀在其间一遍遍地来回
鱼儿想触到它的倒影总是扑空

它这样子真像是在洗着空气又洗着河水
两岸的林木里有很多议论

鸣啭的曲线在变化

那鸣啭如晶亮溪流从峡谷深处绕转出来
那峡谷的最里面一定有一个莹澈的湖

可它分明是从鸟儿的身体里来的,那么
鸟儿的身体是不是缩小的峡谷

或是鸟儿身体外面还套着大身体
鸟儿的身体是为之设计的音响过道

那鸣啭的曲线在变化
很多不一样的曲线不一样变幻

让我想象世界的莫测状况
那湖面涟漪怎样动荡

我的心不宁

一只喜鹊落在艺校教师宿舍楼的一个窗台上
头往里探了探,腾到檐口鸣叫
又俯飞下来,满墙地跑
老师们搬到大学城去了
这空楼还有什么

我到厨房洗碗
又看见一只鸽子
站在单位传达室的屋顶上
我拧动自来水,它的翅膀就扬了起来
我把碗敲几下,那头就循着声音转

精灵的鸟儿
你们使我的心不宁

黄灿灿的抽屉

树冠里
嘎嘎两声
像推出两个黄灿灿的抽屉
我仰起头
又推出了一串
那张开的嘴
也黄灿灿的没合拢来

昨夜
什么梦在运着黄金

早晨慢慢亮起来了
世界推出一排排巨大的抽屉
我们在哪个角落里
你如何把自己的抽屉藏成那样小

一个早晨

没有风

棕树却在动

它已站到外面的叶柄上,淡灰色

冠丛里又啪啪响出来几片银色

接着

不知从哪儿来了一小群

闪烁过我的窗口

分别落在屋顶、墙头、电线和杧果树梢

静一会儿

又如有口令指示般全体飞动起来

交错着来去,像在互相问候

此时天地朦胧微紫,和谐美妙

忽然听见屋里的电视在说

某城市公交车收费里有几吨的假硬币

就跑了进去

错过了它们告别的仪式

理所当然

还是那一片废墟和几棵树
你们,究竟躲在哪儿
到处藏着小酒盏小蜜罐

今天有何喜事,一早起来就如此快乐
还是我总能感到世界的好,它们一直在那
感谢——
那难以觉察的指引和纵容

谁和谁呢,在一问一答——
多么好听的情和爱,珍珠链子般的抱怨和恨
在天宇间弯绕

云层后孤寂的星辰闪烁
远山里的涧水依然寒凉,岭上人踩着白霜
那水晶架构又搭出新梯忽明忽暗

如此理所当然,自如

忙碌的环城路可以爱,也可以漠视
久远的墙垣如故

在那枝丫间
风又做着看不见的旋涡
你的声音可以把开裂的心揉合

忽然孤单

一早打开窗户
一群麻雀默默往杧果树梢飞去

停车场上方,两只白蝴蝶上下环绕对方检阅
一旁的墙头有一只落了下来,帆片般横折而去

一棵小榕树里,五六只白头翁
把柔韧的枝条弯成弓,又弹开,彼此都很开心

那时不时平地腾起的黑八哥,原来它的翅膀和尾羽
有白色齿状花纹

翻开一本诗集,一只小黄雀就从面前叽叽啾啾过去
似含走的一行诗

窗台上才开出一朵的太阳花
竟然围着三只蜜蜂,怎么知道的

对面楼顶上,两只灰鸽不知是亲昵还是吵架
有一只跳了下来,留着的竟跟没看见一样
我牵挂那跳下的,顶上的也不见了

扭头,一只斑鸠从晾衣杆旁蹿了上去
闪忽就没了影,衣架还晃个不停

为何你忽然孤单

喜鹊叫

喜鹊又在玉兰树上叫
三角形多边形
蜜黄金黄的
快乐
飞旋而来

撞击着心尖
一个个小窗子般亮进来

我说谢谢,谢谢了
它是听见,还是没听见
又灿烂地叫了一串

哪儿来的这么多快乐

依靠

不到凌晨四点
窗台盆栽植物里常来的鸟儿
又像一小窝星星嫩嫩闪闪地叽叽喳喳
渐渐
我的身体和房间与之融合成星空
后来我听到环城路的声音以为是银河系
鸟儿说
太阳出来了

大的原因

都是鸟儿们先跟我好
风也是先让窗帘动起来,让我知道它来了
嗯我在这
我的心还有应接的柔软

尘世中有人迁就过我的微小和自卑吗
一定有大的原因
让我一再地感到你们

发言

站在电线中央
头微昂,双肩稍耸,尾羽庄重低垂
像在广场的主席台上

果然就开始发言——
简短的几句,又柔婉长长的几声

天很蓝,云在飘,景物默默
它怎么飞走了
可我真想再听几遍

陶然

似曾相识的一只大鸟
飞进对面的印度榕里
一会儿闪出翅膀,一会儿露出尾羽
不在乎我的好奇和等待

出来时
有两只小的鸟儿跟在后面
它又飞过了马路
那两只小鸟儿也跟了去
不知道还有什么在跟

后来又一起飞到河对岸
不知道还有什么也到了对岸

过了一会儿
窗外那棵棕榈的排叶琴键般颤动起来
我知道有三个音符落进去
不知道还有什么也到了里面

我的心陶然

在曼妙游戏的怀抱

鸟儿怎么以为

一只鸟儿在阳台的栏杆上
偏着头
研究三角梅刚开出的花朵

我把眼睛从书本移开去看它
看它的小嘴,小眼睛
怎样把身体里的精神集中出来

等到它飞离而去
也好奇地去看那花——

三片花瓣的中央伸出三枚小梗
每一梗的顶端又有一朵小花

我有点不明白了
究竟是一朵,三朵,还是四朵
鸟儿怎么以为呢

提醒

鸟儿鸣啭
似在我脑壳钻洞
一条清亮的小道曲曲弯弯
进到一个正在接受阅读的空间里
相安无事

后脑下方有一块岩石
它的路到那就被阻止
我也不喜欢那岩石
底下有泉水被压住了

可鸟儿又尖声撞击那岩石
书本上的字错动起来
却也提醒我
外面葱茏的初夏没去看看真是可惜和过意不去

我下一级楼梯,岩石也下一级
直到滚落在那洒满阳光的园子里

小窝儿

如果我能自己盖一座屋子
四周的山都是大柜子
储存着鸟语花香和神秘的湖泊泉水
多么好

但此刻
我也可以把身旁的一面墙想成山壁
把通向空调外机的墙洞想成山洞
有一个叽叽啾啾的小窝儿筑在里面

我把它放进心里
穿街过巷
惊异又担忧

黄昏

又是一天的黄昏
习惯地站在窗前默想
一只大鸟呼地从面前飞过,又叫了几声
像有意要让我知道

但它飞得如此之快,模糊的一团
没让我看清它的一点点
说明有自己的急事,与我无关

天很快就暗下来
远方的山和海已是黑的了

它的急事
是不是一盏灯

搬移

暴雨中
鸟儿的两声叫依然清晰
像疯狂琴弦中的两把剪

鸟儿没有再叫
像被自己的叫给吓住了
除了暴雨
四下没有别的声音

却又叫了

我看见一个潭
　　　一条荒径
一座尖山
　　冲下陡岭的
　　　　　激流

仿佛暴雨在天地间搬移

小刀子

简短的两声
它又躲在哪儿叫我
大概觉得我那样子怪难受的
或者纯粹是寻开心

我哼哼地应了一下
心的门裂开点缝
想起时值春天
鸟儿其实不是叫我

也许不止我一人
感到那
一整个冬天的冰雪磨成的小刀子

棱镜

也许它叫出的声音
是惊惧的震颤，困苦的告白
从它小小心之深孔出来
不仅是美妙和动听

我听到一个边缘
像听到一艘船的船舷
也许它刚飞过一片瀚海
听到一个断口
一面绝壁

或许那会发光的一声
是数不清的险象
凌迟出来的棱镜

鸟儿一飞走就像是永别

鸟儿又在我周围叫,一叫
我的神志就被叫了去
就停止了手头正在做的事情

鸟儿叫——
一簇簇正在开的花似的
一串串涌动的水泡似的
我的心就成了花树,成了湖
半天也安静不下来

鸟儿已经飞走了
鸟儿一飞走就像永别

闷着的罐子

它在钢塑斜屋面上低着头往上走
到最高点就沉默地停着,像一个闷着的罐子
仿佛一飞就会破碎
里面有一挂细细的红色闪电

如果你能用手捧住它
会感到那身体的温热柔软,滑动着小骨头
胸膛传出扑扑的心跳

它会在哪里
大喊一声
或只是含义模糊地咕噜着

为何呢

一只很小的鸟儿在阳台的小树里玩
像在自家的庭院玩跷板、滑梯和木马
又飞来两只,颜色和长相一样
它们依旧在玩

却又来了一只
一看就知不是同一族类的

忽然就全飞走了,为何呢
我想了想
还是不说出来
怕误解了鸟儿

舞台

一只鹁鸪把凤尾竹当舞台
昂头叫时,翅膀夹紧,尾羽压低
像一个孤傲的绅士

凤尾竹那梳子形的叶子可不好站立
它却能稳稳地把持好身子
台阶一样往高处去的声音
一级一级都有变化

空中有风,乱云在飘
它的舞台开始晃动
一不留神
被抖落下来

却没有飞走
在摇曳的枝间扑腾飞跃
这时是最好看的

江山

动静很大地翔落下来
麻花夹袄绛红绒背心
青黑丝光棉长袍
说它是大伯或公爵都合适
茂密的龙眼林
是殷实的乡镇,也像森严的城堡

它坐在一根模样别致的弯枝上
背朝着我
由我去想象它的神态,它的江山
它扑打过的朝阳,夕晖

它的祖先和亲戚
在哪一条河岸

烟尘里

四周都在拆房
许久没有鸟儿来了,可你
怎么来的
一来就站在我的窗外

密封的窗子使那叫声变小
容我把它打开,你可别飞走
可还是飞了去
我们之间还是有着隔阂

我没把窗再关起来
烟尘里
你的声音没有模糊掉

世物

一只小鸟在挖土机后面
跟着它拐弯,掉头
跟不上时
就张开翅膀跃一小程

这一大一小有趣和谐
说明一切都能习惯

后来挖土机把钻头伸到墙上,树上
鸟儿飞到天上

往下看挖土机像一只昆虫
它的心脏是比昆虫还小的人

世物总是可大可小

我无法看到

它俩的头同时朝下,又同时抬起

反复几次

面对面地议论了一会儿

齐飞到一旁的榕树里

又蹿了出来

急急飞远

我的心跟着

到了一座又一座山后,越过湖泊与河岸

我无法看到什么

钻石

是吵的声音
即使是鸟儿吵,也一样折磨人
偌大的一棵树,一动不动
任凭它们在枝条间跳蹿

海浪吵很久了,海浪不也是海吗
虽然下面还有深渊
虽然鸟儿的祖辈们叫出无数幽静的城堡

我想听到一声痛苦
从源头一路跌宕困难地经过那细细的喉管
我想听到
钻石

黑暗是大妈妈

它在飞
一块白色在飞
整条河岸、整片桉树林为衬托它一再延长,雾气氤氲
　　不散
血色晚霞蠕动成巨大云堆像合住的蚌还没有吐出珍珠
星没出来
一个心灵
一个精致结构轻轻颤动
——充盈又空
仿佛在辨明最适合自己心性的愿望
仿佛在辨明最合适的自己实现你的心念
不能靠近

——怎样削薄一个词,吹轻一行句子

昆虫在各自的深宅大院屏息
波浪在悬崖下把自己磨成乳沫,涌开
溶洞顶千层岩石沁出水珠悬而未落

黑暗在维持,黑暗是大妈妈

树冠

小绿门闪动，又闭合起来
我的头脑成了那树冠
光和影在复杂的厅室回廊岔道玛瑙珠子般滚动
一个夹角掩着的迷彩身姿悄悄探出，一步，两步
猛地浓云卷裹，星云暗淡
猛地波滚浪摇，危崖裂动
亮起的黑洞……

我的头脑退了出来
倾听宇宙清澈的嘈啾

风没有形状

不管多老的树

长出的新芽都娇嫩鲜洁

它们摇动的样子,像不是因着风

而是为我

一直看,它们也一直摇动出最好看的样子

老叶子,去年前年长的

一齐翻摆出整体的快慰

风没有形状

像没有形状的灵魂

宝贝

那野树妖娆伸出的枝丫，拥有一小巢
里面有几个带花斑的小蛋
几十年一直在我脑海里、心里
连同那条岭，那暴雨雷电，荒凉阳光
神秘与恐惧……

我有这样的宝贝多么重要

我的脉搏山高水远，一再变构
有时诗稿上风波乍起，少了一些字

看树

叶子在光影中改变着表情,但只能看一小部分
小鸟们做什么都被我看得清楚,也只能看几只

走在长枝上的鹁鸪头一伸一缩地配合着迈动的双脚
翅膀别在身体两侧,显得优雅又莫测
路上的行人也双手一前一后地配合着脚甩动
我的眼睛跟着他们到了一些地方
心灵随鹁鸪散步
别的都不见了,我们依旧在散步

一棵树必有看不出的东西
尤其是一动不动的时候

它俩

一只在枝丛的这一边,一只在那一边
像隔着洞罅密布的春山,串串泉滴迂回绕转

又腾到一条长枝上,像坐一艘长形的船
叶片翻摆,莹莹闪亮

绕着这条枝子,那条枝子
跃起跳舞,旋着翅羽的花结

它俩和树谁更快乐

欢愉

每一棵树都不一样,都好看
枝条弯转优美恰当,那心意不该被忽视

唯有鸟儿能变动它们
枝丛是可以抬起的星座,小天使们住在里面

那棵树在飞,无穷的欢愉在飞
大地扶住这放光的殿宇

一声奔来的啼鸣稚气未脱

黑鸟

小时候看乌鸦像黑布鞋,长大后觉得像黑皮鞋

现在长着黑羽毛的都统一说成黑鸟

小时候常常听乌鸦叫破了天

天很矮,就在身体周围往上叠

世界没有声音的时候就听乌鸦叫

小时候没有棕树、玉兰和梧桐树

只有长白籽的乌桕

一张黑白木刻

印在空廓的天地间

后门山上的晚霞却像是乌鸦叫出来的

乌云缝里的银月亮也像是乌鸦叫出来的

一致

在空中轻盈起落的鸟儿
像被风托着浮动,它们有一致的快乐

有时鸟儿会困在,被一面面山壁
推来挡去的风里
风和鸟儿一样痛苦

伤了的身体
抖动在谷底
天更高了
太阳的光线跟着变长

那昏暗下来的荒岭你的意志挽扶起我

晨曲

张开的翅膀就是路的宽度,飞的路有无限多条

无限的路——横,斜,弯曲,直下……

缠绕卷裹

暴风黑云都是材料

小小的心,坚固的窝

生,养育

一棵浓密的树

是尘世,也是天堂

血滴、银河、闪电、阶梯、桥……

弯绕,起伏,闪耀

维持

鸟儿只是随便跳跳说说话都好看可爱
它们大约到老了还是小孩
在病中一切生机勃勃的东西都令人敬仰

那只白头翁把芦苇的细秆弯成弧状，摇荡着
等它落到一旁的草地，另一只就跃上去
看得出它们玩得快乐又小心翼翼
芦苇顺应地弯下又弹起
它的韧度像是专为承受一只白头翁而设定
几朵小花安静地观看

正午
这废园一角的良好状况，需要很大能量维持
其中也有你的情绪

感激

小麻雀在爬墙虎的叶片上一弯一弯地飞,叽叽叽
像搭着会叫的拱桥,满墙的爬墙虎还真像哗哗的流水
起落的小白蝶像快乐的水花

一张叶子就是屋顶,一根藤条是可以相亲的长椅
到处是幸福的小磁场
那墙角斜出的一枝美得勾魂摄魄,还停着一只翘首的
　小黄雀
真想诗句直接就是那枝条

远山很远,一面爬墙虎时刻发生的奇迹
就像把气象万千的峡谷搬移到我近前

幸福

那鸟儿一定是爱上了笼里的那只
几天来都在那笼外扑腾、绕圈
飞去一阵,又转回
说话又递好吃的东西
有时站到笼顶,像在守卫
时不时把喙探下来
笼里的便竭力往上跃
窄小的空间无法把持好力气
总是够不着

下雨的时候,主人把笼子提屋里去
另一只就站在那空铁丝上
从天来的雨,看不到边
有几道专门击在它的身上,像幸福一样

月亮

那棵树很高,一只苍鹭立在最顶端
或许它熟悉这棵树,那儿有适宜停驻的枝丫
那样子接近一种仪式

黄昏的灯使树下端的叶子闪着亮光
它所在的位置已融入暗淡
一旁有一片模糊到不真实的月亮
像与天里面的那个毫无关系

也许那是飘到外面来的月亮自己也不明白的东西
也许那苍鹭的身体里有一个改了又改的月亮

河岸

此刻河岸安静,幽影叠叠
几只白鹭和苍鹭在一棵树里
白鹭飞起来,白的气势在河上张扬耀眼
苍鹭合着翅膀,缩着脖子一动不动,眼睛有一圈金环

出现娇小修长的她,忽然展开成一朵摇扇的云
变了满河风光……

——那遥远石桥下野草莓花丛间的啼唤参与进来
如预定好的方案
要我走已经埋藏起的路

隐秘

那些有着奇异外貌的鸟类是怎样造出来的
它们除了外形,内心是不是也很另类
懂得仿效闪电、极光、火山爆发的烈焰
或是有着只有它们知道的
能供养各自羽毛的果子和花汁
与千层波涛下令人惊艳的鱼儿有着共同的导师
它们的叫声是什么样子
会不会像埋着的钟塔、画廊、储着黄金的地牢

隐秘得以呈现的通道也是隐秘
天堂鸟怎样来到人间

构成

长着野草野树的废墟变成了工地
鸟儿们没有忘记还有一座没拆掉的老房子
有一整面的爬墙虎和一棵紧依着的小榕树
有时还会来到它们的藤枝间,把胸口的盖子打开
掏出珠链、玉串、彩虹缎子来
叶子舞动鼓掌欢迎,一旁是危崖裂谷似的器械声
鸟儿把云朵带到其间
小榕树的蓬蓬枝叶像涌动的波浪
鸟儿是飞扬的帆
鸟儿也是为我而来

不寻常的大鸟

这棵几乎专属于我的棕树
扇骨般张开的叶尖直接触到空气的肉里
彼此流通些什么我却不知道

一只模样不寻常的大鸟
定是从大山林里来
却像发现了最好玩的地方
大踏步从这枝跃到那枝
偏着头贴着条叶,又用喙夹着摇晃

这棵单独的
枝条全部舒张,没有穿插进别的树丫
不需要缩起翅膀才能钻进叶丛
之于它也许是奇迹

棕树也很受用开心的样子
或许是它把这鸟儿邀请来的

一只鸟儿在笑

那是从笑着的心里笑出来的笑
引得我的心也笑——笑到外面来

好像天地间有一条共通的笑的大道
公平地分成小通道——到达各角落
一直保留着,却很少被用上
想一想就觉得幸福又可惜

谁不喜欢笑呢,就是常常忘记了
此刻那片废墟里所有的野花野树都哗哗地笑
像被一只笑着的鸟儿带动起来

数叶子

鸟儿在树丛里说话
说一张叶子怎么不见了

曾经数过一棵小树有多少叶子,没成功
数一枝丛有多少叶子,没成功

认真看飘旋的落叶却怎么也跟不上那变动的形态
捡起几片辨别那虫咬霜冻的斑痕是否有雷同也枉费心机

数不清一张叶子有多少脉络
一棵树里有多少鸟儿

有些东西无法知道,或不必知道
鸟儿喳喳飞去不知自己踢落了多少叶子

第二辑

至亲的关系

正午

满身是泥的牛
前腿抵着塘的岸坡,沉沉地滑下去
水让出和它身体一样大的位置
那让出的又柔顺地平铺开
让牛的脖子多浸上
一两毫米的清凉
牛合上眼帘,再不挪一下身子
似也怕动了塘的静默

头顶无边的大镜
把它们照在正中央

璞玉

白垩纪是我的宫殿
火山和大洋生出了我
我喜欢和溶洞里的河流一起玩,喜欢跳舞
我的身体弯一弯,岩层就柔软地抬起
躲在里面的湖倾倒出来,变成数不清的小镜子
我在等一朵花,有一缕香
从不可知的遥远里,曲曲折折
隐在我生命里很久了
我要戴着它照镜子

是不是有一道法令
让我成为年龄最长的女孩
有什么不可以老去,永不能死
但此刻的身体如被砍劈一样疼
周围的一切都不认识,我恐惧

巨石在崩裂,一整列青山和我一起奔逃
古老的大星星轰隆隆地跑

我想从噩梦里醒过来

我要我的那朵花

瓷瓶

千年雾雨,怎样浸润草木山川
峰巅喷下的瀑烟,洗净多少空气
多深的泉流,气韵
一起努力
最初的胎土,如从母腹里捧出

一切慈宁祥和下来
带动灵思、意趣、精谨
心意回旋,柔肠百转
殷殷寄望指引
该空出的是山谷般的襟怀
高矮大小都气度超然
没有边沿即是圆

春天了,桃花慢慢开
画笔却不能迟缓
一顿里隐有摧折的年华
牵一缕洒脱的风,别染上软弱呼吸和心跳

浓浓晕染周遭玄意幽光

所有的行迹都需再度检验

那炉火是新的怀抱

烈焰的嘴、唇

切切地喂、吻、细细教育

你会懂得忍耐的路途

一厘一毫里都有制约的镣铐

绽却不能裂,通体如虹,如含血之苞

痛彻,疼透

才能起死回生,才能涅槃

再回转

坐于民间

沐煦阳露水,听禽鸟啼唱

地老天荒时

指望你涌出古泉

廊桥

它在飞
磨不掉的一些旧迹
让你去抚摩猜想

缝隙里有风和流水的
断弦
在暴风雨,满月之月
汇入万籁的颤抖

没有一支箭肯模糊锋刃
这弯在那大身上的珍物
有玲珑心
岩石可以在其间穿绕

旭日犹在飞针走线
彩虹重叠吉祥的颜色

杨柳摆荡,喜鹊欢叫,花朵绽放
都是它的飞

半月里

山墙翘檐与群山同现清朗轮廓

几处木窗暖光朦胧,大树的弯枝晃动剪影

玲珑似半月做了心,半月在摇

悬挂的陶罐,重新成为安静的耳朵

听碑文里无法写出的秘密

木雕,旧画里的人

回到梦里续演贫穷简朴的神话

石磨转动,锅碗瓢盆碰撞永恒

石墙里蝈蝈的鸣叫没有年代

涧水犹在凿啄窈窦,大鸟于暗林扇动翅羽

夜晚

是它最灵动的时刻

也许还会有眼睛爬上山壁,有心懵懂醒来

或是搁置长久的古琴,忽然震颤

跑出满身的谜

就这么，在一个从星空分割来的地名里

被怎样纵容偏袒都不足为过

祠堂

那门巷如黑长的柄
门板似它顶端一片枯败的瓣
上学的孩子冲进去
任它在身后翻碰不止
魂灵们都退避到两旁
被一股股热烘烘的气息拂得迷醉

谁家的侄儿背不出书被罚站在教室门口
谁家的孙女上课又在偷看小人书
是虚空里的乐趣,有时也跟着急

到了放假时也和我一样百无聊赖
我走到哪它们就跟到哪
还一排排趴在空空的课桌上打瞌睡

小门外的世界是它们不能去的
我跑进跑出它们就把那门板修了又修
生怕砸了我

这是魂灵们的家,我是借居者

多年后我回乡看望了那祠堂
觉得屋檐低了,天井小了
原来的教室如纸盒子般不牢固
仿佛可以由麻线牵拉着
像放风筝般飘上天去

碎瓦片上一小捧一小捧的阳光像冰凉的水
墙角的蟋蟀花如蓝莹莹的小火苗
我逃了出来,又牵挂无比地回望又回望
我的童年在里面

我想起那些坐在小板凳上的夜晚
繁星密布的天庭罩在上面

迷途的羊

他在放牧几只羊

放眼背后重重峰峦

想哪一座里藏着老虎

哪一座有狼还带着小狼

他看到更深山的后面

一群狮子

正渡过一条大河

太阳能让山河亮

也让它生出各种阴影

月亮像是不通俗事

却把黑暗看得最透

有时天蓝到底，星星也一个都没有

怀疑那蓝是最大的遮蔽

他为他的几只羊

使简单与复杂一遍遍颠覆

他的几只羊

在风暴的一条条路上吃草

瘦下去又肥起来

满眼是深邃的清澈

他跟在他的羊后面

如迷途的羊

台风将临

最低一层的云,在飘
露出上一层的云,在飘
再上是墨蓝的穹隆嵌着一个月亮
驻足仰望的我,忽然就拥有了
高大
亮着灯的楼宇

裙摆大幅度飘曳起来
提示台风将临
蚂蚁和虫子都躲到洞里去
我也回到自己的小窝

外面树木翻滚,怒涛拍岸
外面,也是里面
我的小窝在最里面
我的心在最外面

海难者的母亲

那些鱼会含走你的眼珠
咬断你的手指头
扯散你柔软的头发
我曾经搂在怀里的儿子

我的灵魂夜夜踩着波浪的刀斧
一次次被砍劈下深渊
哪个深渊里有我的儿子

我怎能使海不动
让风不要改变方向
今夜你又卡在哪片礁丛
被锋利的石片割得满是裂口

残酷的想象把神经铰成一段一段
我还要把它们接拢
用来感知烟波上的消息
把海底搜索一遍又一遍

痛苦像宇宙一样没有边界
我仍要把它围抱
我的儿子在里面
一个母亲
能抱住最大的痛苦

海堤

远天远海为一人开放
风无栏
思绪却有细小的线头
心一抽就归拢来

我该走了
就像你必须留在这里
为了拦住满海风涛
不让波浪过到身体的另一边
成了自己的囚牢
一点意志和力量都不能逃离

海若不也是囚徒
什么能拦得住它

半夜里
我听见海的呼号
也看见你
每一块石头都失眠

海滩上的一只狗

那只狗朝着大海吠叫
小小的头一突一突地
它把那一排排扑来的浪潮看成什么呢
也朝着扑去

可刚靠近,它们又退下去
使它愣在那,不知如何是好
只好又对着海叫
呼出一团团新鲜的热气

它的叫声大约能传出几丈远吧
海潮的轰响覆盖而来
它忽然就找不到自己的声音了
可不一会儿
又孤独地暴露出来

于是就一遍遍地试验,像要弄清楚什么
每天都来,叫得后腿都弯下去

有些游客捡起石头朝它扔

也顾不得回应

直到有一天

它跑到附近的山头

眼睛里有了一片退远的海,苍茫无边

才怔怔地蹲下

长久地

凝望一棵树

那树冠舞动得多么奇妙
枝丛与枝丛触碰、扭转、翕动
似一个难以抑制地表达着的心灵
一团团阴影被拖曳飘飞

又激烈地裂开,碎开
像深渊裂开黑暗,释放着闪闪发光的鱼群
合拢时
有什么被遮挡得更为严实

它独舞,又像是和无数的舞者牵拉着共舞
如此仪态万方
阳光在叶片上滚动,枝梢荡着云天

主干强壮沉着
透着根和大地的整体意志
仿佛舞动的是一群石头也能挺住
并能让一簇细针穿过不被碰弯针尖

忽然，像被一股强力推动
所有的枝条弯绕旋转绷直向上
缠裹起密集的细小牵连
满山野草木如无限悲欢浪涛般涌来

一丝的意外都不能不作出反应
最小的叶子都有能力把千重山外的消息接收来
它不说话，凭直觉行动
我的心感到被审查

世界通过它——
碧绿细致的切片刀丛永远也显现不完

你懂得越多，越无处可去，越能直接抵达
有时它微敛着颤动
让我感到安详和不宁

遭难

挖土机把它撬倒
铲斗砍它的根和枝节
像用最钝的刀砍活的肢体
断不开的皮被撕扯下来
密集的尖叫呼吁人的耳朵听不见
无知觉的工具
似也有狰狞的表情

一截残躯被随便放进一个坑里算是移栽
过几天又挖出来放到另一个不碍事的地方
他们承包的工地就有这样的特权吗
反正树不会说话
雷达卫星也不会关注这

其实是泉水断了,远处的湖泊涟漪乱了
断了春天的等待,春风的抒情
这一方天地平衡乱了,灵魂慌了
其实是我想到无数的破坏、伤损、死亡

到处疼的世界

无知者拥有权力多么可怕

我一天天注视它已经几个月了

这棵被我以圣树名誉写进诗歌里的玉兰

没有活过来

和同样遭难的棕榈、泡桐、印度榕们

站在一起

像一群褴褛哀魂的雕像

真不愿眼睛看见太多

我写不动,没有力量

它们却像眼睛盯着我

必有更智慧忧愁的眼睛

乌云

堵车使我把车窗外一棵小树的命运看出来
那扭曲的纹,畸长的丫,这么小就有的痛苦表情
你知道那是怎么回事

山坡上的别墅如一堆堆废弃的空贝壳
海滩却很拥挤
还有被海呕吐出来的死鸡和垃圾
那些开出来就被踩烂的野花不知道今天是节日

一旁叶片长长的草向我摇动
像要告诉我有关那棵小树的一些事情
又像是招呼那只野蜂或另一株草
或只是不由自主地摇摆
说明一切的关联并不直接表面

一棵树能长到命定的高度就不一样了
比如那棵杉树
枝梢的神态如向远方致意

人能懂多少
偏我看到乌云,被碧蓝的天压在山后
车还在堵
我的心更堵

我把这堵的心放在那山后的深谷中
和所有草木一样等待一场大风

家园

暴雨使宿舍楼前坑洼的废墟成了缩小的千岛湖
一群白鹭飞来其间玩乐
有一只猫从沙堆后探着身子
以为也和我一样为这一幕惊喜
可它却冲了出去,紧接着
一对白翅压在它的爪下
别的纷纷腾起惊讶慌乱
局势紧张
那爪下的鸟儿挣扎了出去,约一米
又被兜了回来,没见动静
它死定了,我想
但那白翅猛地翻起啪啪响腾去
立即有伴侣与之共飞,像带它去疗伤
我不禁鼓起掌来

一只猫要吃体量不小的鸟
它的胆量无可非议
但它用的是吃老鼠的技法

到手之物总要先玩弄一番

不知什么叫飞翔,什么叫天空

其余的白鹭依旧在盘桓,一派不安的景象

这儿原是一片池塘

经过几次变更身份

砖瓦水泥压住了源头的气息

直到变成这样的废墟

让它们仿佛回到祖先的家园

之后的日子仍有白鹭来

有时仅来一只

我第一次听到这白色鸟儿

把忧伤叫得那样质朴,叫到那么高的地方

孤独

我看见很大的孤独

像一个巨人,在路的那头

眼前的孤独如一个幼小的孩子

朝他迈动

独舞

积压成石头的风暴
放出来
有方的,扁的,多边形的

落到地上
滚到沟里,池塘里,埋入淤泥

大水必须不动
顶它的是一根细柱子

春花在盖好香气后再张嘴
等待去年和前年的蝴蝶

每根骨头准备好弯曲
经络预备着缠绕
激流撞向绝壁不许碎开

来不及弥合的虚空

让闪电去填充

水晶的心
提一个陨石
一大群的光在啃

道路连向天边
视线收到近前
一个小碗

黑是黑的黑布袋
一视同仁

不是滋味

那人讲的每一句话
都是一个私利结构的连接点
竟说得像一个灿烂星系
听者中有几人心中了然
大多数都傻呵呵盲从
我把头歪向操场
一群喜鹊般的孩子多么可爱
阳光正穿越宇宙,放下金梯
而这屋子多么沉闷昏暗
像一个消化不良的胃

世界的心隐隐地疼

在层层喧哗和纷乱之中
有一根筋在红肿颤动
弥漫向旁边的支脉,深入
墙、基石、一个个房间、梦的
过道、鸟儿的心、花朵的香
它的联系越来越广大深远了
再无法拔离出来
世界的心总是隐隐地疼

患者

医院神经外科的门口
一个瘦削的年轻人
在诉说,解释,比方,打着各种手势
激动激烈,专注,歇斯底里

是什么紧急的事情
仿佛有一窝的小鸟
不知在哪里齐张着嘴喊救命
一个滚沸的壶,在无人知晓的屋里已烧干烧红
我也很着急啊
恨不能去摘一颗星星来问
可此刻是大白天,一切似乎又一目了然

很多人围过来了
医院的保安也来了
他像演讲者般更加亢奋
胸脯抽搐像要把肺腑捣碎
他的声音九死一生

仿佛有遥不可知的地方在接收

亲人们簇拥着他像一个灰暗的旋涡
朝过道移动,移出大铁门,移到大街
他的手一次又一次地举起来
苍白在黑压压的人海之上

据说

鱼的眼睛总是圆睁着
活着时被风暴冲击咸水浸泡也睁着
死时只剩下一根脊柱一个头也睁着
有的还睁得眼珠都掉出来
表明它是最新鲜的活蹦乱跳着去蒸的
表明烧它的火是多么旺

据说鱼没有眼帘,无论如何
也不能闭起眼睛

鱼的骨头是刺
在内部刺穿自己
鳍像钢针
在外部刺着海
为了能游起来
还要摆动

据说鱼没有泪腺

永远流不出眼泪,据说海

全是泪水

平安地带

绿灯
斑马线
脚步是朝前的
心却提防着别的方向
心哦,总是做着最艰难的事情

那么多迎面而来的心
摇摇晃晃

像睡着的世界

心脏如一个有多向小门的柜子
侧度不一地开着
你让自己不动
一动它就翻碰吱呀拉扯开
你太知道那滋味,于是它们又熟门熟路来了
新一轮的,你已懂得任其发作和领受
那些小门
会固定成另一种样子
也有幸运的时候
所有的小门和顺地闭合起来,像睡着的世界

一块废墟

群楼中的一块废墟
荒草飘飘野花点点
一棵小树风情万种
我的目光常和那里的几只蝴蝶
　　碰来碰去

我感到有谁在牵挂我，爱我，连着我的心
阳光和风都是温暖的
是谁伸来的手，伸来的家和流水

我想起情意
恍惚中就看见
古老的残垣断柱刻着离愁别恨
有崇山峻岭默祷在之下

我想起遥远的长岭和大溪
想那几只蝴蝶不久就要回去

风干预不了

风吹走废纸、枯枝、塑料袋
吹不走在地上觅食的麻雀

它们的走是弹跳式的,每一步
大约是三寸的距离,不会超出四寸

喙角自如地起落
虫子和果实的籽粒也是风难以吹尽的

有时会飞几丈远,再飞几丈远
风也干预不了麻雀的弧线

谁也无法知道
宇宙之外是否还有宇宙
一个,还是无数个

风也干预不了
一个阳台的云雾

问题

缸里的鱼忽然喧闹起来

或许只是游戏

我却很紧张

看灯有没有晃动

桌子是否摇摆

鱼平静下来的时候

我仍在不安

必定有

更大的问题

就这么坐着

像一个问题一样

因为有醒

平躺着,几小时
脑子空着

不知何时
空也没了

因为有醒
才知那是睡着了

以前失眠是
一小库兵器搏斗在无边的黑暗里

空是生命艰难周密培育馈赠的果子

一个又一个
连接着……

音乐弥漫

音乐弥漫进身心
动情的手在各处开着门窗
要去什么地方

和声之海深厚无边
裹挟着莫测的幽暗,撞到了悬崖
哀恸的高音在险湾中折断
卷缩成一圈圈

音乐——
纠结缠绕,生生死死
建筑迷宫,又摧毁而过

音乐——
有着踩踏空气的鞋,行驶向峰巅的船
一个个月牙飞,星河移动

你的身体掉了下来

有一种冷酷和冷静也坚定不移

惊醒,别的内容全找不到

只剩下一枚

尖利,凄厉的长针

后门山上干燥的雪,横斜的风和芒草

像一场简朴的古代战争

穿黑衣,高眼眶的外婆像欲飘飞的雪

那粗瓦翘檐也像欲飘飞的雪,那石桥也像

一晚的梦

透露了你和世界险象环生

人的无能和能力是

永不停地做梦

直到想伏在阳光充沛的马路上医治

想用石头顶住胸口

有一种冷酷和冷静也坚定不移

像大厦缓慢倒下

又看见了
那枚长针,那雪

那束白花

那束白花
怎么这么白

那束白花
其实不怎么白

只因那一刻
白到白的底线

白在黑上

繁星呈现

很多的话越来越离心

很多的诗越来越掏空真情

万吨语言不如一次真实的日出

一次真实的日出

不如心头流不出的一滴血

黑暗重进黑暗

黑暗无底

繁星呈现

硬道理

有一股心绪正在走
那些在左边的话使它过不去往回流,乱着
得疏导一阵
有点通了
又被在右边的话给挡住
只是些话有那么厉害吗

现在你是闷着的罐子
烟雾滚滚有冷风在其间搅扰
可你仍完好无损地坐着
并且听到喊声
快去做饭

你站了起来
系着围兜,淘米
忽然就顺畅起来
曾经有人说
"睡不着就去拉板车"
生活也有其硬道理

坡上的桃花

那坡上的桃花又开得气喘吁吁,最灿烂的时刻
还好我赶到了
如果没有它们,山林不会有如此蓬勃的气氛
如此激动人心,暖到骨节经络里来
小径无人
如果没有我浓浓的接收,会不会可惜了
我把其中的一棵移进身心里来
感受那密集细小的战栗,朦胧轰烈
蝴蝶要进来
我让自己静下来,贪婪地静
为了不损失一点点
天空也碧蓝无缝要盖住所有

异常的方向

一棵树横着从山壁里长出来
它真有胆量,不怕倒栽到深谷里吗

让我想象那山腹中违拗了秩序的根须
如何像张着爪子击向黑暗的鹰
受阻中一再扩开翅膀

山不能没有它了
原有的结构因之调整,更为坚固
风也绕了点道
阳光点亮叶子时
像一束碧绿的不会消失的彗星

一些往上的目光被绊了下来
小松鼠在其间创作新的游戏
我喜欢在那晃动的枝丫
　吊挂心里的船只

奇迹

棕树只有单独的一根树干
花穗和果串
从树干顶端直接长出来
在叶子的中央
在心口上

它的花从没有被插在花瓶里
果子也不能吃
所以几乎没人知道
也是无须人知道的理由

倒是鸟儿常来
啄走它的黑珠子,还与珠子般的鸣唱
打动沉默

每天开窗时先要看一看棕树
是不是还在那
有没有新的奇迹

也害怕奇迹

有些奇迹含着悲伤

两个海

今天我经历了两个海
一个是形而上的——
透彻,湛蓝,打碎又集合起的玻璃一样,夹杂着锋利
不停止地切割、穿刺,折射着金星般的辉芒
海滩明亮圣洁,似乎只允许眼睛和心灵行走
被称作抽象画廊的石壁,每一根线条
要整个天地共破译

另一个是世俗的,有点浑浊,蓝中带着土黄
很多的养殖船,像忙碌的大叔大婶,健康,富足,心
　无旁骛
饱和的阳光把他们周身涂得暖洋洋
海风使海轻轻摇晃,天庭祥和地罩在头顶,商量了似的
——要照顾好他们
我心里的祝福没有资格说出来

其实我知道它们是同一个海
有着同一条海岸线,只拐了一座村庄

在深处没有区别

我的一首诗,一条命
就用了两个海

最后

哀伤和尘世在一起
长久稳定地待着
像我看到的安宁的样子

那时父亲常坐上公交车任由着到终点站
又如此地换上别的一趟
后来把城郊的大路小路也走了
那在梦里的,有爹娘和祖母的巷道
是不是也一并走了
他是以这种方式和世界告别吗
有一次被雨淋湿了一身回来
说那个山湾很好
有什么留在沉默里

宇宙汹涌无底
沉淀到最后
有多少沉默

保护

那个母亲逝去的地方,逐渐模糊
夜降临在上面了

妈妈,我又一丈一丈离你远去
充盈着悲伤的心
像熟得快要融化的果子

悲伤会清除异己,那么
悲伤也是可以沉溺其间的保护

此刻的心如挤堆着错动的石头
仿佛没有能力拢定自己
让我怀念那夜行车中的悲伤

哦悲伤
请拥我入眠

雨越下越大

雨溅在屋顶
像溅在脑壳

溅,就是拒绝
就是有硬的一面

火封闭自己成烟
红玛瑙的血丝冰凉
大海也不能上岸

天空怎么就没有
可以关起自己的门

雨越下越大
终于进到心里

终于和雨抱成团
汹涌成雨

难道宁静要耗掉所有

只要宁静下来
车辆的轰鸣,敲击不停的工地也会成为宁静
使宁静更为宽大丰满

一早看见两只灰鸽从窗外乱飞而过
此刻又想起
想它们为何,已去到哪里
一个很大的范围就加入进来

那辆卡车在倒泥沙
长长的车斗楼房般斜立起来
又缓缓回落到原位,没事一样
棕树的叶尖却颤动在抓空气
我感到宁静的强壮大梁横陈在其间

蹲在那儿的钢铁大物以前没见过
一旁几十米长的大型钢筋水泥管
一根根少了

都是被它不动声色地挤压到地层深处

昨晚的月亮又圆又近,好像伸手就能拿到
今晚的会怎样
人家都在院子里玩,聊天
如果不是做这样的一个人而是另外的一个会怎样
不能试试

如果死亡对于一个人就是什么也没有了
而那些需一人照料的"什么"其实还在着
怎么办

又去看那在风中飘扬的棕树的扇叶,好像它们是为我
　　服务
难道这是宁静的主意
难道那易感的百叶窗也是宁静的一部分
难道宁静要耗掉所有

荒野

狂风中的荒野

只有那只鸟是不动的

湿了的羽毛紧贴皮肉

骨架明显,身体自觉地缩紧

一小束仅有的力量

温热、柔软

忽然

一道发颤的斜线射了出去

与这烟海般的荒野

形成一个

一闪即逝的锐角

黑夜旅途

朝车窗外望去,什么也没有
黑暗的力量真是巨大
我的心还有一点极度疲倦的亮
强撑着
不让自己成为黑暗
我用它
感觉黑成一体的天地里
一再突兀痉挛起的闪灭
感觉那看不到的星星
感觉组成黑暗的一切以及这辆
不懈地表达出理由的夜行车
直到曙光把它拥在一起

刻在墓石上的名字

我的名字已刻在山里的一块墓石上
我的名字和父亲名字的区别是
父亲的涂着黑漆,我的是红漆

从此就经常想念那两个字
想它们在满山虫鸣中寂静的样子
想那两个做了我名字的字
无遮无拦在风雨里
也想父亲的两个字,为何要用黑的
想妈妈、姐姐、妹妹和我的
都还红色地在父亲旁边

每次扫完墓离开前
总要把那些字看了又看
把旁边的树木花草看了又看
把当时在场的一两只昆虫
头顶的天空和云朵也看了看
希望它们好好做朋友

别的墓石上
也密密麻麻刻着儿孙们的名字
它们的主人此刻都在哪里

元旦日

街道尽头
一座空房子，几挂红灯笼
仿佛整条街的孤独都走到了里面
一整年的孤独都装在了里面

月亮在那一边飘

我转身
把它扛进放着焰火的广场
扛进日后的每一天
你和人间瓜葛已经很深

在飞机里观日出

机翼下的黑云如涌浪盘桓

造出深坑和沟壑,远处有尖峰叠起

曙光从那儿上来了,曙光也需要攀登

一道细细的金边蔓延开

像源自一个金库

穹隆越来越辉煌

很难相信那茫茫厚无底般的黑云下是人间

而飞机开始下降

以为它会被埋在黑云里了

却是一层一层里都有金,像千层糕里夹着蜜

像太阳就是要陪着飞机到达地面

我想起它曾在农田的小山包后面

冲散了浓浓雾气

花草虫鱼们全都闹腾起来

早起的农人被包在大光里

想起它从海里上来的样子
像有大深渊坠着它

它在雪峰顶上淌血
那些冰刀很锋利

在城市高楼的边沿
和茫茫烟尘混成一团模糊

不要以为它是为了获取一颗小星的认证
它一直是在虚空中本然地行进,尽洒辉煌
我们被照临时只需温暖幸福

想起你的出生

当我的身体
绵纸般薄在产床上
护士正把你昂起的沾着血点的四肢
摁到盛着水的盆里

是此刻黄昏虚弱的红日
使我想起你的出生

看见一个更大的盛水盆
等着接纳它

永恒

永恒不是直线的

它像蒲公英炸开的花,心脏的放射性疼痛

无数方向地飞出去,刺出去

宇宙在我们不知道的时候

爆炸了一遍又一遍

永恒不是没有尽头,而是没有边缘

自己把自己弄得没有外面

没有一枚针

替它刺一个洞

因为那针

也在帮着建构永恒

至亲的关系

母亲逝去后
我才感到她的联系是多么广大、细密
陌生人的一句话,一个行为
一阵风、暴雨、瑟瑟发抖的树叶
都使我痛苦

夜晚我不把窗帘全关起来
不愿隔开朦胧的路灯,摇着影的花草
我看着远方入神
山巅缭绕的云雾,都触动我的心
我把放在阳光里的棉线袜子
穿在冰冷的脚上
立刻就有了被慈爱双手拥住的温暖

你散在一切里让我感到你
使我与无限有着至亲的关系

你的远在指导着我
——致我的母亲

没有了你的第一个中秋夜,没有月亮
外面很暗
妈妈,我的脑海里又重现,你和爸爸
——两个瓷的盒子,一长一方
爸爸的我们用砖块垫得高一点
护在你的后面,他本是大丈夫
该让一生辛劳的你,从此享有永久的呵护
唉妈妈,多么空洞
但那覆盖在山包里的两个盒子,那样明亮
爸爸比你早走十几年
那时我们是多么心痛他过早的离世
可十几年转眼间啊
甚至那盒子也和你的差不多新
但爸爸那镶在盒子上的照片却要表明什么
那袭来的感觉何等寒寂,那隔绝有多深阔
眼看着封口的砖头在叠高,里面逐渐变暗
最后一块也顺利地砌入,里面永久暗了
除了星星的背后,还有什么地方是永久暗的

还有什么能像你和爸爸，会暗得亮起来

我拥有那亮，就拥有那一束刺痛
长久地呈现，弥漫深入
妈妈，以往我写诗时你就安静地坐在一旁
别的时候可不是那样子
总是忍不住地扯那根盘踞在心里的粗绳
你扯啊，想使胸口疏通一点
你越是这样就越是滋养巩固着它
你的生命里有什么那样旺盛肥沃
而你却又是如此地柔弱无助
像孩子要说清没人理睬的道理
我在诗歌里密密麻麻一动不动
时不时把自己放出来心疼你一下
现在，如果能把那时空挖来一立方米
我就依偎在里面不出来

我忍不住叫你……妈妈……妈妈……
像你就在面前一样叫，或许你真的就在面前
只是无法使自己现出形状来
我感到你比我还痛苦
就像你在医院昏迷的二十天里
我是怎样一遍遍地喊你啊

现在想起来那是多么残忍

因为你实在无法做出已经听进去的表情

你的眼泪通过怎样曲折的管道

用着你一动都无法动的动

千分之一,万分之一毫米的进度

终于渗出一珠于眼角

我们却为此安慰欣喜

妈妈,我们是多么残忍

要你做一万台机器也做不动的事情

医学把你从浅昏迷证明到深昏迷

其间有我的心结

有些东西就是求不来,像隔着巨大的气泡

像力气困在梦魇里伸不出手

我不敢睡,稍一睡就惊醒

怕那些实习的护士

在你衰老的身上扎针、插管、吸痰……

因此我宁愿相信一切人间的肉身苦痛都真的与你无关了

而药物针剂和种种器械的折磨都是为了要你醒过来的呀

而你在醒来的路上就得从越来越清晰地认识痛开始

痛是你生命的进步

为了验证这逻辑,你还得承受更疼痛的手术

如此要求你实在太不公平

你一人怎能承受这么多痛，封闭着的一痛再痛
哪怕世间更有无穷，你已分配到太多了
你病的名称"心衰"就是证明
妈妈我们不要这样的进步

各种连接的管道两头都空了
那些一次性的被一次性扔掉
那个昏暗的夜
我们像一艘孤舟漂浮到家里
还有什么能坚实点的，还有什么要把你拽住
抚着你沉沉起伏的胸口
仿佛还有一条更深的管道
要靠你自己一截截抽空，你喘着
用着你仅有的却又似永无完了的绵绵无尽的力气
不顾你那苦难的心脏被喘成碎碎片片
不顾我的胸膛快被你喘裂了，却不能帮你丝毫
人世的孤独凸现得如此惨烈
冥想那初被承接到这个世界来时的你
之间的河流仿佛全是眼泪

而它早已等在一旁，密集清晰
从你的指尖丝丝凉进来了
我握住你的手，感到它朝着你手心

那闪忽的一小片温热侵进

我把你的手握得更紧点了,妈妈

那温热会永远保温在我的心里

像一块边沿温润的冰,不会化开

死亡继续侵进,穿过你——

啊妈妈,你的那根粗绳

仿佛就摆在那嶙峋的山岭

那些山路、雷暴雨、荒庙、祠堂

落满燕子粪便的教室、哀鸣的猫头鹰

那整条街人的脸都没像我妈妈的脸那样枯黄疲惫

多少枚铆钉啊,此刻都明晃晃发出光来

死亡不理会,不知道那些结构有多么坚固

它走过了头吗

是否也有失重感

你柔软在我的怀中,妈妈

多想你能保持这需要呵护的样子

真不愿意把你从卧室移到厅里,那儿太空旷

那有着透明盖子的匣子多么冰冷

而你的脸却安详慈宁,已完成尘世的自己

悲苦再也无法靠近你了,悲苦在那匣子外面依然浩浩
  荡荡

那浩瀚的流水线不会放过一分一秒的惊涛汹涌

——那六天（2010年7月28日至8月2日）

仿佛是不太情愿额外签发的批条

花圈、挽联、鞭炮一遍遍地催促

那强悍的力量，由不得你我

哦妈妈，从没有想过会这么被动地

拐弯下家门口的楼梯

而你的床，你的靠椅在那

你的那根粗绳，正纠在我心里

那被抽扯着的一团……唉妈妈

如果那天下午制止你去整理那些没用的小瓶子

如果那晚的空调温度再调得高一点

如果你的心脏不是一次次风雪袭击下的危房

如果时刻都能像你病重时般把你捧在手心里

如果……如果……

包括我那如夹着刀片般的心

痛感医疗上的失误和疏忽

那支凝着我的恨的针剂

那些该放到大山谷里修行的药丸

全都搅成翻滚的旋涡……

痛悔证明着再也无法挽救的事实

痛悔在弱小人的胸膛里挤压爆炸又爆炸

哦妈妈,我听见你的声音了

带着一个辽远的天地

——那女孩在妈妈肚子里闭眼憋气

要妈妈翻大岭,要七十几岁的老大爷

让出靠背竹椅换下担架

要和玉米在一起的民兵队长

召集和麦子在一起的队员们开会

挑选船夫用桨当脚沿着河岸和台风一起走

护送的护士整夜没合眼

沿途忙碌的父亲没进一滴水

恰巧来到小县城会诊的产科主任……

苍白的旭日红起来,温暖一切

妈妈,我懂了

那深浩的联系密集错综

小圆镜照到山冈上的松针和井底的青蛙了

那墙角的蟋蟀花在问,它的血为何是蓝色的

外婆的红轿从哪条路弯转摇晃来

那锦缎绣着怎样的古桥,杨柳春风

那座可供几家亲戚住的青砖瓦屋

后来改成公社粮仓,后来让蝙蝠和老鼠住

方方的天井上有一块方方的天

储满雨水的大缸每年都开出荷花

妈妈，我们之间共有的一切像一座城堡
有多少门再也无法打开，又有多少
我只能独自一人去转动密码

那天我在郊外的湖边看见一只银白的大鸟
那么雍容高贵，怡然地梳理着羽毛
美丽精致的双眼皮，慈祥顾盼的眼神
那翅膀翻开摇扇的温和浪漫，我在它旁边走不开了
因为它太像你，是不是真的就是你呢
并在这等着我吗，为了让我知道
一切都在转换，成为无穷的来源
那天，我还看见一棵大树
那丰茂的树冠在风中摇摆得多么宽舒
每一片叶子都碧绿油亮
我在它旁边不想走了
仿佛它就是你，呈现在这里
要让我感到幸福，有依靠
感到那和蔼的叹息无所不在

那开天辟地时就注定了永恒的相守吗
妈妈，一秒钟你能到达多远
你的远在指导着我

风暴角

一

你的海浪总像刚出生,时刻在出生
崭新、活跃,又古老荒凉
跑远弄脏的孩子回来,重新换取心脏和呼吸

大哭大笑般的水花
是所有的表达
洁白透亮

二

我的相机里定格着你的一段浪涛
看着它茫无所知的样子,有点于心不忍
已无法放回去
真实的仍在那永不会隔开的整体里
你已无数遍地覆盖重组改变了它

三

迷雾遮挡了远方
宇宙可以暂时忘记
你有你的锐角、直角、无穷的角
无穷的半径

时刻在竭尽全力

四

你旋转，五洲四洋洪钟响遍
所有的神经末梢铃铛摇摆
江河溪瀑、叶尖上的露珠
封闭在废矿道里没有出路的水
淹没着古老村庄的水库
沼泽的淤泥、发臭的窨井、停止呼吸的水沟
聚着冤魂的古潭
堆垒在海底的
难民船、偷渡船、海盗船、军舰、潜水艇、鲸鱼的骸骨
都晃了晃

五

我想你去到更多的地方
去到密室、地库、一个个橱柜层叠的抽屉
进入骨节、意志、国策、朝纲
进入战争那一再扩散恶性毒瘤的司令部
进入虚假道义的殿堂、陷阱
进入恐怖的噩梦、那盲目漆黑的心
把那些蛛网般的暗道冲毁、肃清

进入最深的坟
——那孤舟没有帆了
你要解开那团绳,让它可以飞

六

黄金辉耀豪华游艇霓虹艳舞
绞扭的肢体、淫荡、疯狂
连锁互动
全都可以不是人
糜烂的巨大腹腔般污浊肮脏
把一旁的太平洋抹上血迹、脓液

而他却要到那崖顶石床上求梦

由瘦骨如柴的轿夫抬着的身体

里面的肠子每一根都知道他做了什么

却妄想灵魂能到达青天

松涛和波浪连在一起彻夜不宁、虫鸣山鸟尖叫

在他的鼾声之外

我想你进到很多的胸膛

在密闭洞穴污垢层层板结的底部

耸起一道利剑

一个光的入口

七

铝合金门真够密封，传不进一点声音

人们在一小口一小口喝着牛奶咖啡

味蕾的小星云优雅地爆炸

我在手机里看到了玫瑰

被当作测验品围绕着葡萄园

因为玫瑰最易被虫子伤害

如果它完好葡萄也就不可能生病

"玫瑰"

在心里停留,延伸

还要在多大范围内发育成长改变着自己

在上天入地的虫子中

她说她心里有洞

——你要刚强起来

虫子们都是铁石心肠,镶着钢牙

——哦玫瑰,你不能刚强起来

要忠于你的肉体凡胎

忠于人们赋予你的职责

单薄、柔弱、敏感、坚贞

包括那枝条上的小刺也要保持单纯的意志

忠于那些压在朝廷地下室里蚕儿之丝绣成的心形护身符

终于幸福,终于地久天长

——哦玫瑰,你不能忠于

那儿有你承担不起的骗局,有看不见的毒菌

我想用很多字把你写到一切负载之前,和野花们在一起

那儿有好喝的泉水,新鲜的阳光,天空明净

——哦玫瑰,你回不到以往

他们让你吸一种药水

你就变出五光十色,妖魅惑人

八

世事纷乱形不成轨道
总有重要的方向

现场被现场覆盖,刷新
一切还在一切里

网状的心,有些东西也会漏掉
被更大的程序作为养料利用

每错位一次,就有无穷次方的效应
黑与白有着最远和最近的距离

还在哭吗小姐妹
我会一直把那心窝里的喜鹊写进永恒的胸脯里

你在那——
千撕万裂、耸起高墙、大镜、雪崩
不停息地产生最新的风暴
没有一个开关能使之停歇片刻

九

"老灯塔"就在旁边
有色无色的人种和几只山羊聚在一起
孩子们的脸红扑扑地贴在一起
高耸的塔柱激起我们仰向天穹
双臂久久张开成搂抱的形状,显出人的蕴含
山羊领着我们从崖边的小路返回

十

总有人在废墟找药草
那一小丛一小丛被遗忘了的鲜绿
可以熬成血液里苦味的逆流
清除毒素和泛起的泡沫

我想你一层层地下去,到达很深
钻通堵塞的泉道和记忆那钙化了的门洞
它们通往万物苍生

想你能到各个国度的语言里去
清除暴力、低俗

让每一个字刚正、高贵、慈和
用于表达世界的心意

十一

我浮想联翩——
愿一切光洁敞亮，再不需要风暴冲击清洗

你波平如镜
映出历代的屡景、风帆、旭日、繁星
你涌动
腾跃着鸽子、天鹅、仙鹤，云朵也跑下来
你欣悦
仿佛集中了所有牙齿洁白的欢笑
仿佛捧托着飘着轻雾的青山大树，和舞动的枝叶一起
　畅怀
你圣洁
如巨大的婴儿床

我会在每一个浑晦凝滞的时刻拥你在怀
成为纯净明亮的孩子

第三辑

不是虚幻

不是虚幻（长诗）

怎样结合起的密集无边重复重叠
怎样拥挤升起的梯子
——题记

第一章：其实是

1

你的手扶住一杯茶，是一杯茶扶你
——是那茎节叶络拧着熏烤，彻底改变本性
一见水就涌出的铁红

昨夜有一个又一个封闭不起的门
终于被慈爱之神领进那无垠的漆暗之境
此刻仍有地方依然昏朦
那伸着白爪的海一直在那，不是身体里的这个

旭日就要跃上来

从各处的海和身体

　　　　2

那挡在面前已习惯如老友的房子拆了，真有点失落和
　惋惜
后面的树却露出来
忽然就拥有了几棵陌生的树

今天来了架蓝色的大挖土机
和原来黄色的在一起，像哥哥和妹妹
那哥哥钻头伸出去，击下的灰土砸到了妹妹
她在干着细活，把埋在石堆里的钢筋翻找出来

几个女民工在小山峦般的废墟顶上
把砖块从一双手扔到另一双手，像是在扔篮球
一旁的挖土机举着铁斗，像篮球架
可女人们的砖块是要传到等在那的卡车里
她们制造出尘雾，使一小块世界得了白内障

　　　　3

那大挖土机开始对付一整座倒下来的水塔

发出锋利的三角形的声音、一长条一长条的
刀的声音、破碎的冰的声音
它是无心态的,之间隔着什么——

心灵无法挖出来抛到荒郊野地去
这插在胸口硬邦邦的一整块,有吸血的根

平躺也是一种办法
让众多的血的河流平躺下来
感觉像在海中央,海中的海
大脑是小漩涡——解开,解不开……

写回忆录者仅用一个字就把一个心口堵住
无奈的人,又把满是裂口、窖、窟、洞的肉身
像一个扎紧的布袋般交给虚无

每个生命里都潜着没有显露的严肃意义

4

那钻头哧哧哧嗞嗞……拐弯又拐弯
要雕镂出紫檀、黑檀、印度花梨木里的
蝴蝶肋骨、牡丹的脉络系统

孔雀、凤凰、天堂鸟锦翎翻飞，云头里探出媚眼
锯粉和香蕉水的气体却拥挤得挪不出缝隙
你逃了出来
把那么多堵塞的汗腺、麻木的泪腺留在里面
还有过日子的指望
——不知是什么模样

那由高科技控制的机械，震荡出的
一列列颤音、顿音……
在大脑身心各腔室，有规律地
耐心恒心地拉过去，穿下来
经线、纬线、跳动的血脉、生命岩层里一闪而过的火焰
织在一起
锦缎、丝绫、提花麻纱、纯棉大花布
拖带出山高水长、四季繁花、云彩牧歌
翻滚奔流到样式不同的审美和欲望的流水线
裁剪、打洞、缝合……
炫耀在每个人的身上

钢铁在切割机下，彼此都没办法地尖叫
无数的"没办法"
无数的"尖叫"
风暴和火山在拱起的青筋血管下一毫一厘地推移侧转

生命的坚固大厦也是这样建造起来

毒暑里的割稻人想
在树荫下喝一碗水就是天堂

满车厢的昏昏欲睡里总有几处开开合合的缝
她把卷成硬棍的图纸压在胸口
谨记着最准确明了的表达
让将要面对的陌生人一下就能听明白
车窗外摇摆的草木恍如另外一个天地里的事情
那农妇座位下被绑着腿的鸡
时不时睁开警觉的眼睛
像担心车子快到点了

都在永恒的围墙里面

5

心脏被支拎着在胸腔里打抖,像会咔嚓断下来
本是身体中最热的地方,产生的却是冷
使一旁的书桌、橱子和窗外的景致一切的一切都冷了
其实是它们一层层地冷进它的
其实是它们养着那一点点热

停车场的小轿车们全都像渴望到烤箱里暖和暖和的馒头
棚顶上麻雀的细爪一再地跳起，那铁皮一定很冰冷
被拆了一截的红砖墙像没有包扎的重创暴露在寒风中
他还站在上面举着锤子一下一下地敲
那是五十年代的红砖，质地好
小心地放到筐里，小心地由绳子顺着滑轮的凹槽吊到
　　地面
垒成五十年代的红色方阵

几个用红围巾裹着头和脖子的女人，像一丛丛不灭的火
那红围巾地摊上买十块钱三条
为了不让灰尘进到和你一样喜爱干净的身体
——看不见的泉水弯流在岩石里
春花的蝴蝶在桃花沟河边的眼睛里

那撂在马路边的铺沥青车的大肚腔已倒尽全部的黑
像光天化日下的一个黑洞，还有微弱的热气
昨夜它滚动着黏稠的沥青如太阳系的涡流
几个忙碌的工人不久也变成黑
世上有多少种黑呢

6

黄昏使那片废墟像溟蒙的荒漠，像后面有远古的河流

几座楼房茫然立着，不像里面有做作业的孩子和搂着
　　卷毛狗的女人
有一个窗亮起来，又陆续亮起几个
像房子慢慢活起来，一个房间一个房间地活起来
有多少房间永远活不起来了
其中也有母亲的，朱老伯的
黑暗渐渐密封下来

泥土和碎砖要运走
白天马路不让过，只好在夜里干
挖土机的指示灯光从浓厚的土粉里射出来
像从钢铁的肺里喷出血雾
那铁斗不歇地挖、倒
装满的卡车缓缓前去，空车默默接上
命定的不是无中生有的声音不能轻点
那些楼里的人真的都睡着了吗

有几颗星星了，那样小而苍白
艰难地呈现出来，知道吗
我在看你们，看你们背后的更多星星
看漆黑无底，看我自己

7

那老中青三工人在满是车辙的泥路上从容踱步
一旁的废墟像他们刚走过的战场
一整块落在上面的阳光像他们的战利品
对面的十八层楼不仅把逆光的一面朝着我
还把一大片阴影投过来
它向前的一面,也蒙着另一面墙的阴影
阳光的确很公平,但你想多要一点也是可能的
比如那三个工人,是否多得了些

有小鸟在阳台的铁栏杆上跳跃,引动
昨天被我心疼的那棵泡桐
此刻每一片叶子都像舀满了黄澄澄的蜜
它的根说不定还在很冷的石头底下呢
它那样子似要把接收到的暖意传下去,把它们也焐热
这样想着,那棵棕榈就一再地夹着细长的叶条
像在鼓掌,表示赞许

想起那六棵塔松心就微笑起来
那楼房过于靠近树干了,它们就一齐朝外弯去
那么聪明懂事的样子,又弯得那样好看可爱
像从幼年起就听着最善良智慧的话语

第二章：也可能

1

窗帘坏了，总觉得是坐在众目睽睽中
天暗下来时不得不开灯，像强调自己的存在
右侧靠窗的身体很快就感到被许多细细的箭射着
已经侵进到左边的身体快坚持不住了
如一个满身是孔的面包会被啃走似的
只好关掉灯，让自己也成为一个"眼"

——那人掀起轿车后盖拿走大包小包砰地关起头不回
   地走
防盗器是不是用来吓唬车的
半夜里楼下的停车场常常惊呼一片
多数是因为猫或老鼠跑过，树叶掉下来
我总是忍不住要到窗口看看
它们却像婴儿室里的小宝宝熟睡的样子
可不一会儿又全体大哭起来
像茫无所知的生命忽然感到隐藏在一辈子里的恐惧

——那光影迷离的商业城如夜海上晃动的大船
感到心里有为它顶着的硬物，有深而庞大的根
正寥廓无际里汲取养料

——大兽、巨石、鸟儿还安稳着,星星在望不到处聚
　合着能量
河岸无风,村庄里仍有狗叫蛙鸣

——树都像提早进入睡眠般黑得模糊
为了等下能更清醒
那模糊的一团团,多么威严
树有没有错过吸二氧化碳和放出氧气的时间
有没有什么使它们闭了一会儿呼吸

很多窗暗下来了,害怕往那暗里看
那暗的抽屉、橱柜、幸福、痛苦……
合上眼帘
内里更无底无边

2

午后对着一本读了一小时仍一无所获的书
那荒岭上的月亮就从头顶内升起
这个通口是这本没有一点通口的书给逼出来的
或是没有通口可以让这本书进来
被别的通口堵住了——

那天为给母亲求医走进一条山间小路

看到久违的龙齿草,想起童年的山冈
马蜂在柴刀上气呼呼乱飞,被石片割破的脚
许多年后看见别人的脚在急诊室里包扎才疼起来
那条山间小路不知自己通联着哀伤系统

那么多隧道从山腰凿洞穿过去
坐在身旁的母亲孩子般数着
那时母亲因要到女儿家高兴得忘了是去省城治病
那时我不知道两年后会没有了母亲
那些受伤的山
日夜听着到来与消逝的轰响

你掌纹里的风浪,和一个城市的入口有关
在海面回流冲撞歧路丛生的河流
很快就模糊进咸涩
再也不能让女孩子们洗衣裳和手绢
已找不到原来的自己

不知道是最大的通口
有时你勒令自己不知道都不可能

3

一早被封闭进一座大楼的一间屋中的一堆表格里

人家可以躲到厕所里吞云吐雾

我也能透过玻璃窗把自己分离到外面去

——那些枝丛弧度更大地摇晃了

无序地摆开、碎开

显现出其间大小枝丫联动的多姿神态

仿佛分解着无限的忧伤缠绵

又迟缓下来慢慢合拢

无法说出它们的不愿意或喜欢

——那棵高大深藏着静穆的杧果树

动荡起来,一只鸟儿在梢顶踉跄地走

落下又上来,像在攀爬崇山峻岭,又弹向天空

用的劲可不小,像踢动了几块小石头

沿层层叶丛磕碰下来

它这样只是为了好玩,从没有把树枝当路

——这个纸页沙沙响的房间

在长满小灌木的山坡上了,像一个忙碌的蜂箱

又在波涛汹涌的海上,和很多房子浮在一起

里面的人都爬到山冈的高处,看着它们像纸盒子般散开

一台钢琴被浪涛推向礁岩

发出"命运"的绝响

那答辩者开始把纷乱在脑子里的东西
一截一截从嘴里抽出来
断了,就用几个字帮他接一接
我们距离不到一丈,之间只有空气
二十分钟终于过去
——那年,你终于从那椅子里拔离出来
墙和门似乎瞬间没有了
走下一级一级的台阶像踩着云

又看见那个阿姨
她癌症晚期的丈夫已不在评委名单中
她那像又干又脆的木头搭构起来的身体
拖着去超市用的小帆布车
左右张望一跳一跳地,仿佛一碰就会散开
车辆们全都不管不顾地交错而去
像有无数看不见的线被越拉越细

4

妈妈,姐姐明天要来我这
想那房子里你的小小相框多么孤单
门和窗户都会关好,风不会进来
如果有电话铃声响起来不要惊悸

我和姐姐会想你一会儿又想你一会儿，就像在你旁边
　　一样

找一本好看的书让姐姐读
把一个阳台的阳光给姐姐
那个暗角就是我的了
哎你这个假好心的自私的家伙什么都想赚
——那打桩机怎么就不能把那根钢丝砸断砸碎变模糊呢

心有螺旋桨在搅，还要继续走
很多东西都在前面了，很多的东西也在后面
——每一条路都是发亮的绳索

睡眠还是不保险，像有什么在拿主意
"舒乐安定"制造雾，茶在雾里开凿通道
这种搏斗只能坚持几天，月亮终会从乌云里出来
它走在一条亘古不变的圈道上

血又不拐弯地冲了上来，似乎把血管也绷挺起来
——耸起的火苗会回落下来
然后剩下红红的枝条，然后枝条上有一层白灰
然后是黑，然后
血又被踩了起来

5

那连接母体的管道剪断,立即被接入别的管道

管道有无穷的可供繁殖的接口,一再地接上

——拐弯、分岔、歧出、裂开、修补……

站在聚光灯中的那个人有着怎样的管道系统

那走进铁窗里的人有怎样的管道系统

他从十九层楼跳下去了,有多少管道断在空中

产生新的链接效应

母亲,你已随那种子枝蔓丛生

尽管有些地方已经冰结,你也在那冰里

无数管道的无限维接合

也可能形成松软的蛋糕

也可能……

第三章:匣子

1

锈了的枪、炮弹、坦克

锈得更深一点的钢刀、剑、匕首

发黄的照片、信纸

那儿还有玫瑰、纪念章

看见那只纸船了吗

往下,向左,随着路标

拐弯,下梯,过坡,转右

一层又一层

你的漆黑无底

不是他的漆黑无底

无数的漆黑无底重重叠叠

穿插、错动、松散开

再集合成漆黑无底

如急流在海底交缠相撞

产生复杂的裂口又合拢

无浪花,没痕迹

历史不是接长的线,而是

一块块、一方阵一方阵

从漆黑无底堆垒到天穹

魂魄和尘粉和云雾混在一起

故乡、井沿的青石从额前飘过

其实处处都有长钉固定

暗夜里,漫天的雪花

落在沉沉睡眠的屋外

总让我觉得和一切有关

2

(一个小匣子)

已经有两个月没染发了

旺盛的白啊,血在叛变

她冲破重重阻力旅游了北京回来

胸腔里风起云涌

蔑视地看着一旁的废墟

把一根钩着衣襟的铁丝狠狠地甩进去

不,我不能再和他们住一起

不能继续做保姆

体内潜着大湖的女人

把漫上嘴角的涟漪咬死

撑到了新时代

世界的花样真多啊

谁肯就此罢休

脑白金、天赐康、长寿健美操

有人说让时间停下来等一个孩子把鞋带系好

没有人说等一个老人把一块肉夹进碗里
我用了全身的力量使颤抖的手保持文雅
在你看来还是丑陋
迟钝的神经已注意不到粘在嘴角的饭粒
却没有降低对疼痛的感觉——

看见讣告的疼痛
白纸黑字的断崖，抖簌的身体倚靠的绝壁
……
金银花香
一只蜥蜴爬上他的扁担如爬进一条溪流
那些乡下孩子的读书声被风吹上了山梁
……
那些年代的烈日，白花花的日历
耸立起的那一个一个"今日"……
人是一批批地换了

"老姐姐，还有我呢，一起过马路"
两个老心脏，两条搀扶着的老气管
"你去哪里……"
"你去哪里……"

那老头又在捶打身体了

好好干吧，别让他锈掉

什么时候得了老年浮躁症
不顾一切，在乎一切
装不满的老箱子
千万别让人知道

今天已照过十次镜子
像少女一样抿嘴一笑

要去那工地偷一块钢砖垫脸盆
欠我太多了

她拿起一个靠垫放在窗外使劲拍打
看着白色的发丝纷纷扬扬地飘入空气
哼……

那居委会的门牌上站着一只喜鹊
啊，别飞走……

公园的空地都被密密麻麻人的自发活动占有着
昏暗的灯光下，昏暗的男男女女
歌声——

从大脑深处荒芜板结的缝隙里升起的月亮、温情
使埋没在菜市场、家务、孙儿吵闹中的女人
容光焕发、几乎变了一个人
环城路常有一个头发稀疏的男人
自行车后架放着一小堆菜，猛踩踏板
傍晚散步时，都会看见那发亮的脸
闪现在随着音乐蠕动的人堆里

那清扫垃圾的人，心里也有个垃圾场
那唾痰者的灵魂，给狗擦屁股的纸……一起堆着
华灯、歌舞升平的游艇在她的心中是什么东西
看着她——她附带的与自身附带的……
你在心里掘洞，埋东西
你用她把洞口封起来

又看见一个小铁碗，在嘈杂的路口
如在汪洋的湍流中
手在包里掏着，拖延着
要扔进的是什么……
多少重漆黑的门，解构成那两个
空洞般的大眼睛

那些残梁断柱上参差出来的钢筋，比空矿泉水瓶值钱

铁锤和砍刀不与她们联盟,反弹上来

那躯体内也如有钢筋变形

如果用慢镜头分解开

会不会拉扯出几个匣子

那本书留下一个残酷的想象——

那些下半身卡在船舱的小圆窗内燃烧的士兵

伸向茫茫大海呼救的上半身

多久后才断到了海里……

多少大洋为要熄灭那舱内的火发动了风暴

那烟雾刮进苦难母亲的眼里了,紧紧闭着不再睁开

重重青天在那眼帘内弯下来,匍匐下来,黑下来

——深渊里打捞不尽的匣子

3

那儿的沉默深厚坚实

只有一个绑在钢筋上的灯泡在嘶喊

围绕它的是飞蛾和尘埃

与百米外霓虹闪烁的洪流无关,有关

与地面下的强大电缆网有关,无关

永远挖不完的沟,人心出口

庞杂、方向丛生

多硬的泥土多大的石头都得让开道路

那头垂到膝盖的身体

里面所有的门都柔软无力地合拢起来了吗

会有什么力量使它们重新打开

乌云堆起来了

暴雨一整座海般下来

几个人用塑料布遮盖沟面还没干透的水泥

长长的一道道白在狂风中翻掀

像按不住的水流和魂魄

闪电、疾驰而过的摩托车激出剑一样的水

进不到那封闭了的感觉里

身体也像地球

需独自承受很多

（匣子里的匣子）

  *

她在鸿途酒楼的烟雾里看见一只黑色山羊

看见李子湾深红的李子浸着阴暗的水

斜坡上有停放棺木的小屋

岭头的茶亭，竹管里的清泉是一杯山的心

那悬崖上还有一个鸟巢

危险的小天堂啊……

谎言们正齐心协力把谎言救起

再有一些垃圾就会堵住涌泉的出口

这手现在不洗就是过不去

可等会儿还要拿钱

包在脑壳里的一张张脸

一再重复的梦魇

需要模糊对待的事情

已经是第十一辆自行车被偷了

谁来都不要开门

对面山上的庙宇正在点香

……

  * *

外面的东西，比如西装，和西装联系着的

公文包、董事会、银行……

还有目光，这连着里面的外面的东西
已经有能力把人击倒
幸福也是一半在里一半在外
所有的外面，在一个时刻消失

剩下里面的——
一个保龄球般肥大的心脏
一大把浮肿的神经
沉重的下水
大脑沟纹里翻车的现场
残废的意识
……

一瓶陈酒砸碎了，史无前例的利片
如一座牢狱的门忽然打开，却不能解放你自己

半夜进来女人香水的气味
——这黑暗的峡谷
名叫红衣主教的玫瑰

你们的仰视压低了我的高度
……绝壁上寸步难行的船啊

那门里狗的吠叫

引发了整座楼狗的呼号

真像无意中撞了一棵秋树

惹得黄叶纷纷

想起《尤利西斯》里的一个对话

"这位肮脏的'大诗人'拿定主意每个月洗一次澡。"

"整个爱尔兰都在被湾流冲洗着,"

　　＊＊＊

父亲在几个月前从这条路上消失了

父亲是一个淡的点

父亲是更深的点……父亲

爵位是怎样排列的,四大教是什么

——那个楼道都是风

那一架梯子架进我的胸膛

目的与目的箭一样四射

被一个骤然拐弯的目的撞倒

快爬起来组装好自己

把老板的鼻炎片重新放进程序里

那蝴蝶在人力车高耸的货架上碰了又碰

颠颠颤颤地跟了好远……

她钻进一座电梯
七对眼睛立即朝向一对眼睛
一对眼睛立即瞪视七对眼睛

4

那山道多久没见人迹了
那年轻单薄的身影，曾顶着一个沉重的星空

那掠过玉兰树梢的鸟，为何觉得它就是
飞越喜马拉雅山的鹳鹄

那脸多么模糊，那眼睛什么都没看
什么在重复倒下，隆重又虚弱

那个荒凉的人，他有茫茫无边的抽屉
有一根细柱子

那一朵花已被重复绣了千万年

很多事物都是说不出话来的
很多感觉根本无法表达出来

不如这阴阴的天带给人的感受
但也说不出来,不着边际
有什么盘桓其中
在不断刷新中隐埋更深

    5

那祠堂正厅深处一排紧闭的门里放着祖宗的灵牌
前面悬挂着马、恩、列、斯和毛主席的像
孩子们在那儿宣誓,戴上红领巾,接过"三好学生"
   的奖状

她从昏暗的过道跑出去,又在无人的小路上跑
一旁的土丘有装着骨殖的瓮
跑进城门进了巷子还是跑,青砖墙上的身影似跑到外
   面来的魂魄
跑到供销社买了妈妈吩咐的东西
别无他路再往唯一的路跑
跑进放了假的没有老师和同学的祠堂
晚上就在噩梦里跑……

跑着避过白花花的大字报
跑着跟上走得飞快的担柴小姐妹

跑着穿过有蛇的林子

去只有十几户人的小村

教四则运算、"忠字舞"、画一朵一朵的葵花

跑着像一个超现实的木偶

在魔幻的布景里

跑在一个时代的岔口

风暴的烟雾里有她涩涩的气息

跑上通往教学楼的高高台阶

每一根骨头变成小树的枝条，全身的汁液

在一道道习题一篇篇作文里跑

还不懂得想象终端的果实

不懂得那吊过一位老师的枫树上的铜钟

有一天会不再叫醒从不迟到的孩子

不懂得那个台风夜，那些值勤的男生

为何无缘无故把学校食堂的一只黄狗

挤在墙角，用砖头歇斯底里地砸

穿白色的确良短袖的女学生

怎么会脸不变色心不跳地从头看到尾

那被最大最亮的月亮见证过的荒滩

包含被磋磨粗疏了的一切，包含一苗恍恍惚惚的勇气

在村口还有狗叫时不懂得回头

怪异的黑,晃动的影,穿进宇宙的声音
一个密集密封的跑扎在前头
一生的跑……

(不止于一个匣子)
一个人
产生出雷霆
悸动的胸
如峭壁间昏黑的峡谷
风暴滚涌、奔突
草木旋飞、碰撞、碎裂
强迫自己站定
稳住晃动的岩石和大树
怕会被一根蛛丝绊倒
血丝颤抖的卵
薄弱的壳外
路人川流,阳光白茫茫

第四章:爱如牙齿

1

疼痛已成了朋友和可靠的信使

不然就跟世界没关系了似的

那棵笼罩在阳光里的玉兰如圣树
鸟儿，你们的鸣啭通过什么成为刀子在里面拐弯
而我的心啊通过什么变成切开的岩石

一个细密到看不出来的判断过程
如果分解开，会有怎样的风云无限
包括海啸、深渊、雪地冰天……

一个又一个节点——节外生枝——歧路丛生
浑浊一段、透明一段、红一截、灰一片
拧成玻璃在火中拉丝

万花筒——围困中千变万化的三角形菱形
——复眼里的复眼
——箭的集装箱、针线盒子

2

如果不是她自己炫耀
我不会注意她重重叠叠的脸
想这个女人是几个女人

她的心灵是怎样通过一道道关卡
后来在她的继续炫耀中
才知那心灵已散成碎块
是她自己有意处理成这样子的
那男的也不甘示弱地炫耀了一则
显然经过编辑处理的艳遇
竟有好几个人举杯同贺同喜
自己的也差一点就憋不住贡献出来
今夜,他们会在哪些黑暗的窗里
而你的心是更黑的灯,用于钻探
心窝正中的血肉对应沙土,只弄糟自己

"其实我知道他每天傍晚都去哪……"
一个碗就在手中洗了又洗,水流了一池子
那句没有力气问出去的话
是一柄剑,转动在心里

"我要把想象的梯子扳倒再扳倒
再也不去那无所不在的黑屋子"

"那昏暗的群妖共舞,堵满脑回沟
要涨破脑壳,真想脑子里有个自动清除系统,
有铁扫把……"

"薄的水易热也易变成冰

还是结成冰好免得蒸发没了，那冰贴在胸腔的内壁"

她朝着那问心无愧的背影喊

像要把整颗心和拖带的一切都喊出去，什么能作为抵消

"那是什么树叶那么薄嫩细小

风无法使它们形成一致的方向在乱飞

跟心窝一样，那褐色的枝条是弯在其间的铁管"

"刀在翻搅我的嫉妒，那么多黑色蝴蝶呀

顷刻黑雾昏昏，旋着无底坑道……"

"干吗非要拿别人的话割自己的脑神经"

"如果不是那药丸钝掉那锋利的刃，你怎能活到今天"

"哦可怜的林妹妹，永远站在你一边"

桃花的苞蕾一珠一珠的，像挤出来的血

血开成花……

我下过两百多米深的采金矿井

金子埋在那伸手不见五指的地方

有些东西就必须用痛养着吗

可人家说之下还有一千多米深灌满水的废井

使以上的文字全都漂浮起来

  3

心越小起来

就越有放大功能

看完那部电视剧，内容全模糊了

只有一个场景还鲜明着——

一束追光跟随着那个心在碎开的夫人

一会儿借口送点心去敲那新房的门

一会儿又去问是否需添加棉被

那装出体贴的声音是裂出磐石的箭泉，被又一层磐石

  压弯

为了传宗接代是她自己同意老爷娶丫鬟为妾的

爱，是怎样无底的黑暗

它存在着，任何理由都无法打发掉

哦草木的魂汤，苦

把你喝到潭窟壑罅里去，喝到大湖大河里去

只有我把你吸收得如此彻底，彻底到让你回到出生地

那牡丹山下的涧水必定苦起来了，那梅子湾会彻夜悲伤

被女人们问了又问的月亮，也成了病恹恹的模样

其实男人们也老在问呢
比如祝英台的未婚夫，唐婉的前夫，杨玉环的皇上
比如……
都被逼得百变成精了

　　　　4

把愿望缩小再缩小，小成一根细线
可以穿过针孔
用于缝补破绽、裂口和衔接
黄铜顶针是奶奶留下来的
它顶过很多针尖和锥子

绸衫多么宽大，身体多么小
仿佛为了装很多风，雪可以在里面下
手伸进去会握到喜鹊腾乱的雾雨……

虹桥古街的小广场又在演木偶戏
那女木偶胸口的小红电珠一闪一闪，碎步绕场
——行行复行行——两情若是久长时——你是我的
我是你的——我不能跟你好——你如果跟别人好我就
　会死
——你有第六、第十二、第一百八十九感官吗
——那你说该怎么办

——习惯是可怕的也是可爱的
——要不要剪断来看看
那箫声把什么东西从一个孔一个孔里抽拉出来,在空
　气里殁
全体都寂然了
那女木偶终于到了台口,双手伸向前方
一个纸扎的凤凰
从绑在两根树干间的铁丝上摇摇晃晃过去

5

必须有多少个时空用于翻江倒海的转换
水浪依然滔滔无常,一不小心就碰破了深渊

在河底滚动的石头,缓慢
使水更长久地被碾轧,破裂肿胀
水有最长,最柔韧的神经

她站在那,依然跟无事一样
太阳照耀着她,空气围绕着她
仿佛在穿通拆解,仿佛真的无事

那江岸已演变成现代和仿古的实验地

江水却不知发生了什么
看着它千古如斯滚滚去，一己之情就不忍投进
在浩大的裹挟中失去仅有的含义
它只能在微小的心室里存活激荡，它在微小里显得很大
可她说还真想把它扔了啊，但这怎么可能
那连着针的线就是我的生命

6

爱如牙齿，在心里咬着爱
咬碎那些不该存在的、坚硬的
爱如牙齿，细细密密，在无边际的世界里咬着自己
在漆黑的夜里也会辨认出不幸在哪里
爱如牙齿，吃露珠吃星光，吃一个个心海的风暴
使自己清洁、壮大，更为艰难
爱说
除了爱
没有别的办法

第五章：木马

1

发现电脑里有木马怎么也堵不住，赶不走

就干脆不管了，世界的各种疾病不也灭不完吗

我的电脑是无数电脑中的一个

如一小房间连接着大屋的全部

你是刚在别处干了坏事拐到我这来的吧

让这截楼梯中毒瘫痪，又让那段回廊恢复知觉

这边在打针挂瓶，药剂会流到那边的血管里

死机黑屏

月亮需要重启

一次次的海啸地震和你有关吗

瞬间就消失了那么多人啊

但也不及往一个蚁穴里灌水杀灭的数量多

专家说这会引起"多米诺骨牌效应"

这应该也是你所不安的，毕竟

都在同一个大电脑里

2

上午会议的内容是给每人发一张表格

他们关心的是那一个个格子里的

打钩或画圈的数量，忘记了

宇宙正如童年的爆米花筒，大批量地爆出雪片纷飞

或是哪里藏着个搅拌机

在搅着不知冻结在何处的巨大冰块

我知道那只鸟儿的心尖有一片雪
它弱小的体温无力把它融化

那黑色的长车从地下爬上来,不久也白了
但里面的黑不会变
重重叠叠的黑是重重叠叠的火,是地球的心窝
一再地被剜挖
越挖越深,空洞越大,不喊痛
那黑色的长车,一列列
要去焐热一座座城市,够着一个个
房屋里的暖气片和上面的小手套和尿布
不让拉闸限电
那大漏斗还在倒出六角形的白花,漫天漫地
那大门关不起来,小门关再紧有何用

3

一条匿名的短信,重复逼迫我
辨认几种动物的善恶心机
我从没有和兔子、大灰狼、老虎说过话
只在一些文章和童话里见识过它们的良心
都是人这种动物赋予的
"狗哥哥快救我!狐狸抓住我……"

狐狸是为了它的小宝宝
它自己的肚皮已经和背贴在一起了
你不被小宝宝吃掉就会被餐桌上的先生和太太们吃掉
若真能和老虎狮子做朋友甚好
我胆小总是忧虑恐惧
看着手机又颤了起来,不知它之外的空间里
有怎样的险象环生
心脏可以安装起搏器,一旦安装了就得由医院管理
觉得这手机也有一颗心
被更大的医院管着,正在痛
如今有太多人需要通过它
把心思发表到世界的五脏六腑里去
你想把它的生命掐断,让它死一会儿
心灵还是决定试试——
"您好,请问您是……"
上善若水,水清无鱼

那"鱼"变成了坏东西
那个穿黑衣黑裤戴墨镜黑帽骑黑色摩托车缩着脖子连
　　脸都看不见的人是坏东西
写这个长句的人是不是坏东西

　　4

或许是走错了门

那木头的马是为了要抢回美丽的海伦

而我这里除了诗歌一无所有

那我更愿意把它们想成喜欢诗歌的马

愿鸟鸣、流水、月光、骨节和气血的飙风

能使之长出双翼、天马行空、心明眼亮

愿它们能互相掏心窝，忏悔……

可是电脑突然发出"防火墙未开启"的警报

谁会去打开宇宙黑洞的门

只好再次启动杀毒软件

很快就在一排黑字里出现鲜红色的"木马"

似乎一点都不怕，怕的是我

跟着那不知何意的字母寻去，终于发现一个小黄包

恨恨地点了下"删除"，竟然跳出提示

此文件联系着重要部门，如果删除

将使得很多路径关闭，问是否继续

我赶紧点击"否" 然后就在发愣

这究竟是什么木马

那被称为"云"的大柜里是否有天兵天将，有无所不
  在的神灵

而电脑似乎也有说不清的苦恼

动不动就要求给它体检，清理垃圾和痕迹

不知是担心自己还是担心别人

弄得我也神经兮兮地把脚印擦得干干净净

像干了什么坏事不能让人知道似的

像有很多只能偷着去的歪门邪道

5

鸟儿的王国里一定也开始查找木马了

近日来常常听到怪异的鸟叫

有时半夜也乱叫起来

开始还以为是哪只不正常的鸟所为

后来才知是有些小车的警报器盗版了鸟儿的声音

那天正好是真的和假的同时叫

那用生命叫的倒给压制下去

忽然的沉寂,接着就啾啾啾地互相询问

说明真相已经败露,树林里肯定议论纷纷了

结果会怎样呢,世界的协调能力是很强的

或许有些鸟儿还挺得意

觉得人类要模仿,说明它们的声音好听

之前有些警报器的声音把小孩都吓哭了

一些善良的鸟儿就说那这木马别查了

而且我们还要叫得更好听点

让他们模仿时多一点挑选的余地

人类情感世界里的木马才叫严重泛滥
那个叫心灵的东西是无踪迹的
各种各样的"情"性质复杂微妙错综都是木马活跃的
　巷道
有些情有剧毒，一旦中毒就伤人又伤己
有些人的情感机制已被此类木马破坏得够惨
要靠不断修补漏洞才能勉强运转
有的因藏得太久太深和生命一起长
要杀就像杀癌细胞，别的也一同杀了，死活在一起
有的像进了怪圈和魔道，那歧出的毒都会来毒你
没有预防针，只能在死去活来中提高抵抗力
还有父母情、夫妻情、兄弟姐妹情、朋友情
它们关联深广，根基庞大扎实
但也不可以说就没有木马
比如那父亲不就把儿子告到法庭上去了吗
那亲兄弟怎么也动起刀子
那柴米油盐的热气掩盖着爱情枯井

还有很多木马猖狂的居所
比如战争狂那膨胀变了形的脑室
财富多得子孙几代都用不完还窃取民膏的人
习惯了以假乱假的产品、心灵
那当了小官讲话就变了调的人
木马会跟到他退休，然后变异

让他腰弯头低到脖子下去

还有往你自己的心窝里搜刮搜刮吧

6

早餐时被那名字怪怪的小饼干吸引

让它入咽喉进胃

后来又有别的食物陆续覆盖其上

刚才打嗝儿时,仍是它的气味

忽然想起人们说的香精

那"精"现在开拔到哪里去了

会长期驻扎下来吗

已经练就在各种烟尘气体里闭气

咳嗽还是如一群群小木马

从气管深处肺叶各角落气势汹汹地爬上来

只好吞了两粒抗生素

明知它"抗"的不仅是细菌的"生"

这些天电脑动不动就发出公告

"您的病毒库已升级为最新版本"似要我放心

已有纠察队、民兵、炮兵、特工

个个体格健壮、武艺高强、设岗站哨、驻守边疆

如此频繁地升级,可见对方势力也相当

抗生素自发明以来,升级就像上不完的台阶
那细菌的变异也跟着来,彼此似乎都知道似的
像背后有一个共同的司令部

喝茶去吧,茶叶有没有毒呢
那种有着刺毛的虫是虫中的大将
没有烈性的农药是难杀死的,除非用手抓
但使剑的堂吉诃德已成了寓言
战争的子弹不都躲在看不见的地方吗

7

找到一个储藏匣以为里面有失落的东西
打开来却是无边的问号
像茫茫荒原,把你骇在一边
鼠标点击哪里都像是冷漠的高墙
心如打旋的小鸟,落下去
不知有多深

不停地做着备份,一切在瞬间改变——
优盘那小红灯珠一再虚弱亮起
而彼此不信任无所不在
电脑对这个外来分子就像对待敌人

每次都毫不放过地检查，使之更加紧张恐惧

轻拿轻放希望它多活些时日

插头拔出主机时担心它会休克去

电脑似乎也身心交瘁，疲惫不堪

开机和上网速度越来越缓慢

时不时出现蓝屏和一排排的白字

像告白，像给自己开药方

那一换再换的系统是不是一换再换的命

记忆怎么能一键清除一键恢复呢

越错位越断裂关联的线索就越复杂茫昧

它越发艰难地慢下去

它还会有怎样的兼容

木马还在

如果那红色标识改成绿色，我真想叫它蝈蝈

第六章：加固

1

长久地看着自己的掌纹

据说它关乎命运，使我不敢让别人看
宁愿这么不明白着
无穷无尽的头脑和心，虽然结构一样
产生出的念头没有一个瞬间是相同的
这真可怕，仿佛一切都会因此不牢靠
如果掌纹是一个能起到固定作用的网也好
可是那么多的"网"飘飘忽忽
会散到哪儿去呢

本来你们都在我的身边
现在全成了一张张照片
——那个午后，风吹动窗帘
母亲和父亲在分吃一个橘子
此刻只有我能看见
虚空里的那个空间
伤感又从很多路来在心尖划痕

——那四个穿灰大褂的人抬着干瘪缩小的父亲走得飞快
我拿着伞想遮住他的头
一路跑着都跟不上，仿佛不需要
仿佛那舞动的大褂是波浪，父亲是一叶孤舟
那袒露在阳光下的鼻尖和额头多么冰凉寂静
我的伞有遮住时这种感觉就和缓了许多

我为此耿耿于怀

我给父亲最后的尘世关爱仍是脆弱和不完整的

一如他生前,作为一个人所得到的真是少之又少

……

我想模糊掉别的,这要用点劲

那模糊就成了假装的模糊

所幸还有精神领受那隐隐的尖锐

我说别飘走

让这颗心保持痛楚

2

天暗下来时,总舍不得关起窗帘

随着暗的加重,一切会柔和地融合在一起

像久远的大家庭朦胧在一个大屋盖下

这样的时刻很短暂

那些亮起的灯会阻止我这

近乎茫茫无底的怀念

——你不该留下那个小布包

那最小的夹袄,最小的袜子

你说那孩子开始学步就头先往前脚跟不上跌倒

受了委屈把沙地滚出一个坑

——那盏擦得洁净的煤油灯

除了照亮一个家的节日

外面的水池、桂树、菜园子以及其间的小生物

也能分得一点暖光

四周的山峦变得更黑了

涧水总能用咕噜咕噜的声音

让自己分离出来,仿佛就在床边

——有什么在帮着看见和记住

她奔向田野中那条长长的小路,两旁的稻谷翻滚

尽头那个小门里传出童年游戏的声音

南风里野花的香、石墙下的水渠

——蟋蟀的鸣叫,让最小的缝隙显现出来

银河星系分布在三叶草、马齿苋、野草莓的须根里

——那弥留中的一刻

您感到什么了,什么在靠近

您的瞳仁如天穹中的淡月,迷醉地游来游去

嘴唇如微风拂过的小舟轻漾

仿佛初婴在甜美的梦中

圣洁之光萦绕

那些沙子都忘记了

它们来自崩裂的一碎再碎的一座"岩山"
它们无须,也绝对不可能
再集合成哪怕一小粒的石子
风吹沙子
吹那座"岩山"

    3

爬墙虎的根被砍了
满墙的黄叶像纸钱纷飘
这个组合是为了让你看见
那紧紧抓着砖缝的庞杂枯藤
显示出的绝望的无穷面貌
让你领会已写了"拆"字随时可能倾倒的墙所连带的
    全部内涵
用很多的"掌纹"看,直看到它们被剥离开的刹那
那镂空的繁密图案是多么美啊
在一苗火的指引下,烟飞如舞

那棵从主干空到枝柯的大树
还长出碧绿的叶子
说明空也是营养,是密集融化成空
那怎么没有空穿树皮

或许还没到时间吧,如果那样
人们就能听到它的音乐

对面楼那头发全白的老奶奶
在铁栏杆围起的阳台里,像忙碌的金丝雀
一会儿瞅瞅孙儿的肚兜,一会儿扯扯女儿的衬衫
把一盆开了几朵小花的茉莉挪到近前来
又垫着小凳拾掇绿萝的藤叶
早晨的阳光灌满这个
仿佛被神之手托着的小世界

4

窗外,玉兰树上所有张开的嫩叶都像一个"爱"字
使得背后雾蒙蒙的空间里也似乎有很多的爱呼之欲出
鸟儿扑扇着,喳喳叫地加入那爱
仿佛有一根根牵过崇山峻岭,牵过蓝天的线
到了旭日那里就染成玫瑰红色
我的心被爱剪进,慢慢张开

——她坐着晒太阳
隆起的腹部像明亮的小山包
她哼着小曲择菜叶,像小山包里住着小鸟

她就这样在众目睽睽中
若无其事地藏着一个明摆着的秘密
后来
孩子生下来了
妈妈和孩子,都瘦得像小猫
有一天
她挑着筐子从山边走来
一个筐里盖着碎花小棉被
一个筐里装着南瓜
是孩子使她不得不抓紧发育成熟
她的美是如此地出其不意
整个山野还来不及反应
我是唯一的目击者
因此负有责任

——那女孩要去接回大病初愈的母亲
在去县医院的路上万物和她一起飞奔
袖口、衣襟、裤管像翻腾的翅膀
面黄肌瘦的人儿变成天使了
世界啊
请记住她飞奔的样子
从此懂得该仔细分配手中的幸福

——那只灰色的野鸽子

在杧果树梢和楼房的檐口间
饶有兴致地飞来飞去
像在感受树枝的弹性和水泥的坚硬
那样子真好看,那尝试和解的心的愉悦真好看
我有幸看到
今天还会有什么比之更珍贵

——山谷里松柏翻滚,移动,大朵的云团移动
推开楼房的门、窗
胸膛可以成为清凉的山壁,心灵也可以这样清洗

——又去走了一趟,一趟又一趟
从小巷里来,屋角来,绕着老榕树的弯枝
……往事的消息
沿着古桥,石板路,流水
……看涟漪像人的脚印,闪烁不定
是什么缠住你的魂魄

5

世博会英国馆的外形像菌球、像蒲公英、像雾团
由密集穿出圆形屋顶的透明管条组成
进到里面,才知那每一根的另一端

嵌着一粒裹在人造水晶里的种子

那么多不一样的种子，几百上千年保存下来

在变幻的光色中闪烁，像茫茫星空

一粒种子到一颗星星要走怎样的路

那年看雅典奥运会开幕式

感到那艺术的力量和体育有比

此刻我在重温那时的感动

天冷风又凛冽，灭不掉这感动

反倒需要被这样严峻地保护着

那拥着琵琶的身体弦丝颤动

我闭起眼睛，黑暗贯通了一切

雨滴、露珠、百鸟鸣啼……

银河系里哗哗滚动的沉重石头

那么多孔隙里封闭着的光

我们一起把它逗引出来吧

月亮变成太阳，蝴蝶飞到山冈外了

那海面有红云浮动了吗

两千米三千米之下呢——

鱼在最厚的墙里穿，鳞片是小灯

有嘶的一声香

是窗下那棵小桂树张开紧咬了一个冬天的小牙齿吧
那墙角破开的门框正好能让一蓬小花珠链般披挂
蜜蜂们还不知道呢

正午使那横着烟岚的峰峦像合着眼帘睡着了
山脚下的小溪也困得很吧
翻过石头的那股水流似乎也懂得轻点
喜鹊却在山腰啪啪响过去,想想那样子

那些厚厚的书里的好句子我不再用横线画出来
喜欢它安静在文字的渊潭里
像高贵的兰草生长在深谷中
让后来者找到它时需要靠自己历尽艰难
有好不容易获得的珍惜

6

那挖土机的驾驶室开着门
可以看见操作台旁忙碌的身体
使这处处封闭着的冷有了点活力
挖土机似低头等候吩咐的大鸟
像知道今天是"圣诞节"
随时准备把他驮到有太阳的暖和地方去

而他们开始劳动

把废墟底下的基石一块块挖出来

这些被埋了几十年的石条

粘着潮湿的泥,散着乳白雾气

深宽的沟里,泥土是那样新鲜

像饱含着温热的血

真想有一排小树苗种进去安慰它

挖土机终于歇下来

驾驶员戴着满是油污的手套拿着扳手爬上爬下给它修整

一个女孩举着一串彩色气球在一旁好奇地观看

使这片遭受挖掘的废墟像是为了衬托她而存在

天阴沉沉,覆盖着一个突兀的石堆

我陪你,和此刻所能感到的一切

一辆红色小车突然拐弯进来

放出几个蹦跳的孩子,像几个小泵

世界总有惊人之举

时刻都在加固

第七章:孤独的钉子

1

刚才还平静着,一个念头就给搅乱了
心里像曲着一团铁丝,一再地逼迫你去感受它
总有利己者死乞白赖要你勉为其难改变心灵

如此躺着让铁片在脑子里翻不如爬起来
忙就是往那些洞眼裂口里塞棉团灌沙
把昂起的神经弯成随和、平和、微笑
湍流从上面过去

玻璃是不是很多的"没有"压制出来的
拿个锤子敲一下就知道了

别问我幸福是什么模样
真的说不出来
有什么从谜团芜杂里飞扬出去吗

别问我什么能一见到底,灵魂怎样画

2

那个肝脏爆发了火山的人
从急诊室到手术台到太平间,总共用了三天
追悼会后,就被抬着从医院后门的废物堆旁出去
他那处于正在进行时状态的办公室,还在接受空气和风
各种纸张满屋飘飞,落在地上、墙角
那被烟灰缸压住的,挣扎着嘶叫

已经能感觉到哪条血管淤血,哪根神经痉挛,哪块骨
　头有刺
哪些东西属于多出来的
很多的"不得不"本可以直接说"不"
在夜里摸到心尖,跟它说对不起

无力开垦生命的荒芜区就匆匆走向绝境
被浪费了的人,那永被堵死的心思

那辆在废墟间缓慢行驶的卡车是来运载房子们魂魄的吗
残留下来的小桂树竟然还有星星点点的花
开出来干什么
天阴到五脏六腑里了
那人在鼓捣杂物间,像把身体里的阴也鼓捣出来

小桂树不声不响,它的香太小
刺不开灰色果冻般的空气

天又黑下来,秋天
一天的黑暗竟可以增加这么一大截
所有的车子都亮起了车灯,急惶惶的样子
那座早已搬空的楼房不知自己因何没被拆掉
满腔的黑,从窗洞满出来又被挡进去

   3

对面那个人又往楼下吐痰
又有人拿出小畚斗在阳台栏杆往下磕垃圾屑

小玉兰树还没长高
它的花开出一朵就被折走一朵

小饭店水池里的菜,只浸湿一下
就被送进厨房进入炒锅和肠胃

霓虹如鬼火的酒馆
又发出烟熏火燎、暧昧、腐朽的气味
逼入行道树的间隙,一个个睡眠着的窗内

总算有块空地,怎么没画停车线
你前脚进那店门,他后脚就来贴罚单
莫非是个陷阱……

芝麻油香,仿佛从遥远朦胧的气息里分离出来
那人说"现榨……"
忍不住又上了"淳朴"的当

那只洁净的雄牛凝视着远方
它在想什么
它的腹部没有沉重的乳房需要不息地提供出鲜奶
不必被关起来吃饲料并遭受质疑

海在养殖场的围墙和铁网外烟波浩渺
你和池子里的鱼一样找不到故乡

割心的事,当时做得那么自如
已无实体配合你改正

把绳子拔断,双方都会跌倒
无形之绳,断掉了什么

4

这些湿了的木头,结冰的木头
要趁火还旺时加进去
不能让火焰矮下来
那些心热起来红起来了吗
那闭着的嘴终于张开
把郁积的气体呼出来
在火焰里消毒
别让火弱下来小下来
如果木头不够
就把木头变成的各种废纸扔进去
只要能不让火冷下来
把那么多本是木头的筷子也扔进去,做第二次奉献
把那溅到外面来的一小团火刮回去
别浪费了一点点火
继续跳啊、喊、唱、欢呼
不要大老远地花钱坐飞机到这边陲雪地来烧起篝火
不要在青稞酒、苍鹰、烤全羊的鼓舞下才烧起篝火
要到城市的广场去烧
让那些情侣,与狗为伴的人,偶偶而行的人
身无旁顾的,从电梯、轿车、电脑里来的人
失眠的、开会睡着的、昏暗酒吧里的

在心理医生门口排号的人

都围着火拉起手来

让热血与热血激溅,冲散块垒,清洗疏通

一路亮着血的明灯

不要散开,不要急着回到那

封闭着暖气、臭气、乌烟瘴气的房间里

5

夜已深沉

是谁在钉钉子

不知道这是在夜的腹腔里钉吗

很多梦会被钉死

不知道白蚂蚁咬柱子房子会倒塌吗

如果只知道钉进钉子

就会只剩下孤独的钉子

第八章:忧郁

1

雨,小锤子般直直丢下来——

那万径至深,草木醒来,千沟万壑水溅淙淙
释放出压抑了一整个严冬的浓烈生息,漫过山头
来到我的书桌,使一个个字
成了氤氲的小坛子,倒出更多小坛子

雾随后就到,究竟在多少地方藏着熬蒸出它的大锅
弥漫围包渗透进一切
公交车站等车的人湿湿地挤在一起
一辆沉沉而来的大巴似乎再也无法承载什么
但还是停了下来

一直沉默占居那墙角的石堆
各种形状的空隙里储着阴影
像那些以为已经解决的事其实都留下来

水牛在陈旧的廊下闭着眼睛,它那四个循环反刍的胃
像到了额头里面,那头一动不动
那个坐在台阶上的孩子也已长久地一动不动

那女人像把中药柜子端进了身体里
散发着苦艾、女贞子、五味子、何首乌的昏暗气味

鸟儿一跳一跳地,把胸膛里的声音一粒一粒振出来

一粒一粒的空位又被堵上

鸟儿一直在叫着

  2

满街挪移的伞

挪移进菜市场、商场、医院、街道办事处、小区幼儿园

那挪移着的迟缓骨髓般的忧郁

那鼻子忧郁着，那耳朵在忧郁

那茶杯、烟灰缸、公文、电脑、梯道、回廊是忧郁

那座大楼是忧郁

你忧郁

忧郁不会从苦恼愁闷里撤走，而是帮其腌制成忧郁

在万物神经密集敏感像要互相吃掉的早春里

忧郁百折不挠

终于决定把自己分离出来却又吸附磁石般黏糊回去

诗稿因着方向的闷堵迟疑不前

忧郁在继续填充灌满

或者必须保持这忧郁

或许忧郁是一个还没孵出"丑小鸭"的蛋

今年的惊蛰前后都没有雷声来轰开这忧郁
仿佛闪电也钝钝地忧郁
忧郁一定是很重要的东西

3

那棕榈动得柔软妩媚,悬铃木是碎碎地动
杧果树整体持重地摇晃,小灌木窣窣摩擦
草木有一个为它们存在的强大纲领
忙碌的马路、大街、工地、股市、商店有一个共同的
　纲领
不停息的战争有一个扭曲的纲领
很多的纲领,交错、互套、相生相联
不帮助也是帮助,不伤害也在伤害

有小风轻轻迈过,使那棵大树
千万张叶子细细碎碎地闪烁、闪烁
闪烁进血液心窝里来,像无数的小钥匙
那树冠的中央,几根遒劲的枝条弯抱成空灵的杯状
仿佛确立的一个中心
什么从其间绕出去了
会进到那昏暗弄堂里吗
那大树的根正吸着寒冷的泉水吗
那泉水在九十九重岩层下吗

汉语字典里找不到与那只鸟儿鸣声匹配的象声词

一声一声地高起来了,又低下去

像在逶迤的峰峦排列灯盏

激动激烈些了,似有光溅到岩壁上

忽然它蹿出树冠,没想到是只黑色的鸟

那打开翅膀的样子也如它的声音,像明亮的小爆炸

想那茫茫无边里无穷尽的小爆炸

它们有时是多么地寂寥

那浓密沉重一动不动的榕树

真像从海里挖上来放在那的深渊

枝丛与枝丛间阴暗的缝隙,暗示着压迫和淤堵

一直看它,就看成一个苦难的心脏

你从无数方向,用无数方法让人活着

那活着的一切会发散在你的一切里

我的心情就是你的心情

    4

比金字塔、长城、吴哥窟堆垒的石头

更古老严实高耸的是重重叠叠的叹息

因不是实体而不能打道穿通

也不能挖出一块来切片，放在显微镜下

那练太极拳者把虚拟的空球从肝旁边推绕出去
从脾旁边推绕出去，举到额前环绕一圈
让脊柱跟着弯过去，扭过来
带动全身的管道筋络气流
又抱回到胸口，最后
把那浓得化不开的一团往丹田压下去

回收站
有大雁、蜜蜂、蝴蝶、山花烂漫、危险的太阳穴
恐惧的肋骨、悬崖、幽灵、心结
青石门边命如丝——
千回百转，百转千回

很久以前的风还留在仓库里，阳光还没用完
龙船、风筝、奶奶的箱子在闪闪发光
云朵压在绣鞋下面

5

那些山的腹腔里有最大的石头最黑的洞窟和永远密封
　　的湖
有千架瀑布的声响没传到外面来

高速公路、动车铁轨、岭、羊肠小道、藤梗盘绕纠缠
花朵们努力开放再开放
小河流七拐八十弯遇到洪水,冲溅啊冲溅
山不动别的东西才能动

忧郁不在那些空架子里、不在峰巅
而是驻在强大丰茂的山腰和深谷,那些根都拧肿了
不得不逻辑混乱
没有后门可开
世界总有办法使自己不那么简单

海只能被加入
海是不会裂开的,海的责任就是弥合
就是深渊海沟都看不见,整体蠕动,永久地示范
海的身体里还有没有早春的声音,燕子胸膛的拥挤
有没有那雾
你不可以失忆

6

又听见呵呵呵呵的声音
疑惑那包裹在烂布片里的究竟是什么
呵呵呵在楼下,呵呵呵从大门出去,呵呵呵在翻墙

呵呵呵在屋顶上
已习以为常
一个破了的洞

第九章：容器

1

我在家里常常是跑着的
跑着去洗菜、洗衣服、做饭、烧水
因为我在诗歌里走得很慢
身体越变越轻，一不小心飘了出去
不用担心
会急急回来在电脑上打下几个字

今天是一年的最后一天，我要取其一小块
用于亲近窗外的世界，一整年来
它总是以大的变动和各种小花样给我激励
表明与我息息相关

人都在各自的家里团圆过春节
马路上车辆少了，天地空出来很多

阳光弱弱的却还要来

抚慰着灌木篱墙那被剪得齐齐的枝端抽出的叶芽

虽然阳光显得自己都怕冷的样子

我还是要把它当作阳光

你一定要负责晒干这些床单

只有对你我可以大胆要求

我把那压扁的枕头也拿出来，等着它柔软地膨胀起来

又去拿来女儿的棉鞋

你要钻到鞋套里去，让里面的绒毛更蓬松

只有你肯认真听我的话

不会做出姿态来让我胆怯

现在你也不冷了吧

大伙都暖乎乎地搂抱着你

2

二月的阴雨终于被指令停止

下楼到阳光里疏放身体里的郁堵

一只肚子大大的母猫已在那了

看见我，就缩到车腹底下去

猛然想起今天是三八妇女节

我有点心疼，它那怯懦哀愁的样子

像尝尽了世间冷暖

它大概也观察过我了

就把身体挪了出来，和我一起晒太阳

一旁的小桂树刚长出的紫色嫩芽也像一朵朵花

它身上还有秋冬留下来的白色小花

小桂树如何安排体内的能量

咱们一起过一会儿节日吧

有单位电话通知去领礼品

迎着阳光走去，一朵金花开在了额上

一感动就跃了一下，它就错动一下

辉芒耀得我合起眼帘

它就透进去，让我整个儿和彤彤的天地融在一起

那黑色轿车篷顶的转角也开了一朵阳光的金花

使那铁身子里也仿佛有一丛热热的根

看了看四周，连那打桩机和挖土机上都有

该有一个负责分配阳光的大公司吧

三八妇女节早就被安排在议事日程里了

因为这个节日不仅含有爱，还有眼泪和冰

我要去把棉被抱来吸满这节日的阳光

棉被是物质中最母性的一种

让它做一次自己的温暖襁褓

大白天也能看见星星,你信不信

就在那小树翘起的叶尖,还闪烁、闪烁

风的手在推树枝呢

棕榈那耀着金边的长叶舞动起来

你使它快乐,就是使我快乐

那灰色的墙也明亮起来

你让它明亮就是让我明亮

其实

太阳是做着自己不知道的事情,毫无阻挡

3

那山上,草木们全都有了各自的行动

更多细小难见的变化也能从整体气息中感觉出来

石头也仿佛用密集的嘴呼吸

那枝梢上摇着的是多小鸟儿的窝呢,只有酒盏般大

寒风和阳光同时喂养着,又冷又暖和的样子

有暗绿的神秘活跃充满那棵小树

几只釉瓶般的鸟儿在枝丛里的意味溅了出来

远处朦胧的大树与岩壁间,隐约传来嘎嘎的老鸟叫声

那横过山腰的小路有暖暖的荒凉和远古的气质

似有造物主温和的灵息在其间浮动弥漫

那孵育在里面的柔情动情

我心的什么部位有它呢

老榕树又长出了强壮的须根

在枝蓬茂盛到撑不住的地方柱子般顶着

几百万张挨过严冬的叶子

都是毫不含糊的浓绿硬质精致的小椭圆

此刻它的体内有一座湖在涌动澎湃

它会长大一圈,它的身上有多少"环城路"

爆发的春天更含着隐忍和不忍

那只站在还没有长出一片叶子的林子里

目光定定不声不响的鸟儿,感受着怎样的压力

使我感到来自它的压力

小白蝶什么也不知道似的飞

疏影拂着刻在石壁上的"福"字

一阵风呼地过去,像有意吓我

4

颤动的百叶窗,发出冷的声音

昨天存进橱子的衣服,今天又全穿在了身上
偌大的天地,冷暖变化如此彻底
像严密的容器不允许存在侥幸

潜伏的病菌趁机使一扎扎经络肿痛骨头酸软
小命们扭来扭去,体内的梯道摇摇晃晃
南风也一会儿东,一会儿西
你不可以心和头发一样乱

太阳花阴冷天能开一整天
有阳光时只能开半天
它在阳光的温暖里尽其可能地开放
不知道自己那纤细的身体里能量有限
不知道是在用性命回报
它在冷和暖里都完成全部

有些法则是让你去超越
要看你获得了怎样的营养

5

清早在阳台落脚的鸟儿,羽毛油亮
与一旁盛开的蝴蝶兰互相映照,流光溢彩

又扬起翅膀,把快乐扇开
花朵摇摆着,那样子也是快乐
一天的美好源头会流向许多地方

那么多团团的橘红色花儿使那棵树像挂满了灯笼
虽然离窗口只有百米来远,竟不知它们何时结了蕾
也不知是什么树,真有点过意不去
公交车站就在下面
等车人都会喜欢你的"灯笼树"

那鸟儿小心地钻进凤尾竹的浓荫里去
没有碰动一片叶子
这棵就在我厨房窗户铁护栏外的植物
背后还有两根水泥电线杆
惊异自己第一次感到它的沉默优雅

暴雨如烟涛,如亿万裂帛飞
高阔无边的狂草
把心放在其间,感受那
无遮拦的良田、山洪、岸边的小屋
千山之外
仍有阳光朗照

第十章：裂口

1

那河的水来之东湖

那东湖一定通着北湖、南湖、西湖

不然哪有那么多流不尽的水，刚才是哪儿的水在忧伤

它的一条小支流死过一次了

工人们把腐臭的水抽干

在刮净垃圾淤泥的河底放一条大管，并安装一个泵

但没多久又死了

雨击下来，加入那死

迟早它们会溜走

把不是自己的癌症留下来

你就爱胡搅蛮缠

但终究是可以胡搅蛮缠起来的呀

蚕茧不是胡搅蛮缠起来的吗

绝望不是胡搅蛮缠起来的吗

怎样才能过到不是胡搅蛮缠的高架桥对面的公交车站

母亲，你要迈过很多山冈和田地

像燕子落在我身旁

说不清的没道理就是魔力
孩子为何哭个不停

      2

龙眼树里的蝉鸣
像升起的规格一致的星辉
又戛然而止,没有一粒掉到外面来
与一旁工地里同样齐整干脆的切割机声此起彼落
几个孩子的欢闹和修理电风扇清洗油烟机的呼嚷穿插
   其间
那老奶奶像幼童写字般过斑马线
一辆救护车从她身旁使劲鸣笛而过
贴满广告的公交车疾驰着
一路喊着"请注意安全……请注意安全……"
我的心绪一会儿被揽进去,一会儿又退出来
那面断墙一直站着
像随时准备被突然的利箭穿击

起重机吊着根部包着出生地泥土的树秧
在城市上空倾斜,胆怯的样子
慢慢落进一个大车斗,里面已有不少同伴
这些被呵护着培育出来的树宝宝
要开拔到某个建筑群里当兵去了

而那刚修葺过的古街正在痛苦中煎熬
为了加宽路面,把长久相伴的大树砍了
酷暑下楼阁庭宇如火柴盒,仿佛会被热箭擦燃
此刻除了树,谁会给它们撑伞

楼下水泥停车场给那棵棕树圈出的泥地太小
雨水难以充分渗入,冠心已有叶子开始枯黄
外出回来,满身是汗,口渴
还是先给它浇了水
感觉着它滋滋地吸,自己也不那么渴了
心顺是山谷中凉爽的溪流
没多时日,那枯黄的叶根一点一点地绿上来
像报答我
任鸟儿们在里面跳跃欢叫,乐园般站在旁边
一有风就卷扬起扇形大叶,像在告诉我世界的事情
它们原有四棵
一棵被一串放了一半掉到冠心里的鞭炮炸死
另一棵死时树干扎着牵电线和晾衣绳用的长钉
树冠的背后有一个热烘烘的空调外机

3

龙眼树是温柔激越的母亲

满树蜜黄的龙眼花似繁复炸开的焰火
那花朵却像挂着毛茸茸坠儿的小帽子
夏至过后小龙眼皱皱的小脸儿露出来了
却要被挖起来,像挖一个鼓囊囊的胎盘
是谁的一句话和更多的麻木漠然
蝉鸣静止,鸟儿在树梢跌倒
有人抓起手机给园林局打了个电话
万幸啊
铁铲、十字镐、绳索和实施的人没有了

这个上午什么事都无法做了
一会儿跑到阳台看那两棵受伤的龙眼树
一会儿跑到厨房的窗口看凤尾竹的"心窝"
里面住着两只鹁鸪,有两个转来转去亲密磕碰着的小
　　脑袋
不知哪儿去了
是否会被吓得不敢回来

午饭后不久,惊心动魄的挖掘声又响起
大枝小枝都被截去,剩下主干和断根
被绳子绑扎着
据说有一个工地要动工

对面楼房的窗洞无遮拦地暴露出来

眼前是一大块伤心的空

两个深坑旁

习惯地停着三辆黑色小轿车,像在哀悼

那儿本是树荫

蝉鸣没有了,偶有鸟儿碎碎慌慌地啾几声又飞走

今天是第一次

一只鸟儿

长久地从肺腑里

不依不饶地深深长长叫出来,一句紧一句

朝着我的心——钻探

天地,也在我的面前

我想着自己能否也叫出几声

像鸟儿一样有的放矢地

钻探——

4

我心中的桃花源——

桃花的门、桃花的窗、桃花的回廊曲径

在群山之中,大江大河的旁边

古老岩石的肩上

蝴蝶蜜蜂跳舞的地方

我的心灵早有了和它的通道,任何方向无阻挡
烦恼的时候,劳累的时候
就悄悄去那……

可就在那一刻
地球以裂开连接永恒的一刻
我的美梦成了梦魇——

那"连接永恒"的裂口里
填进了婴儿车、小笨笨的一步一步
心肝宝贝、刺着心的柔软睫毛、生日蛋糕
母亲的乳房、球鞋、篮球架、没做完的作业
昨天的日记、小提琴、舞鞋、记事本、账目
一排排一闪即灭的脸、弯折的身体、如针的秘密
填进了计划、纲领、论点、论据、根源、真理
填进罪恶、麻木、悔恨、良知
……
那无穷尽填下去的
包括更深处的板块、熔岩
都黑得寂静

5

凤尾竹的心窝还空着,鹁鸪没有回来

对面楼缝里又炸响鞭炮
我害怕鞭炮
喜事和丧事它都发出同样的声音

天边乌云厚密,像古老的棉花堆
使我想把手伸进去摸摸蒙在里面的那些山峦的头
几只鸟儿在它前面黑点一样闪
说明并非我想象的那么近
上午天心中很漂亮的白朵儿
也许也加入到里面去了
现在那云堆如一个大脑般蠕动起来
像在思考着重要事情

两只蝴蝶默默飞入墙角的野生树丛里
前面的停车场上那么多的小车开进开出
跟它们没关系似的
幸福的地址总在修改中

第十一章:柔软的刺球

1

这浓浓到来的夕阳

带着宇宙深处的激情

使那棵树的每一张叶子

都像赤黄的金片般颤动

仿佛碰撞出细密闪闪发光的声响

风是一直都在的，但如果没有这道夕阳

就不会如此生动地显形

展露整棵树沉甸甸的精神状态

我的心有说不清的痛楚

我就这么记下来

很快，夕光就收了回去

我看着熄灭了光彩的它

如此沉静

像在默默地记忆

2

对面忙碌的小楼已经拆掉许多年

那个老奶奶也已仙逝

存着写她诗歌的软盘也仙逝

可我就是要把她记起来

记起她瘦如干柴的手

握一把大菜刀，砍着一只冰冻大番鸭

记起她把捡来的废品铺了满阳台

豪迈地指挥一个收购的汉子

她把比自己身体还大的棉被抱到楼顶的阳光里

停在栏杆上的喜鹊使她回过了头

她缩在歪斜的藤椅里,像鸟在窝里

裹着蓬勃力量的环城路弯在旁边

3

喜鹊在鸣叫时,黑白的尾羽一上一下

仿佛远方的山岚跟着变动,甚至白浪和深渊与之有关

山道一截模糊一截清晰

一定有很多细颈的瓶子可以倒出压缩的幽明

4

山里的泉水像连接起的一小滴一小滴心灵

潭还是那么满而深

烟浮上来——

石头像死又像永生

花纹繁丽多大年纪的一只蝴蝶落在上面颤抖

5

在那暗绿的间隙里,张开粘连的蕊,香息柔弱地刺出来

小蛱蝶惊飞了,悬在叶尖的露珠颤抖
那更暗的凹窝,紫色一管一管的血浆吱吱喷突
触及遥远的绝壁

6

风中有尖锐的清苦
我应独自停一会儿
不能所有人都闷头赶路,封闭着身体
让我做它的过道,因它的穿钻雕镂摇颤
让我像一座屋宇让它住下来
整夜倾诉

7

那时星空大墙般斜压向山腰的瓦屋
整面山壁密如插针的小心脏彻夜无眠
过年回家的人改成清明独行在长岭
那身影就像提前呈现的灵魂
当世界只剩下灵魂
含糊里会有闪耀的光亮

8

只有你能梦见的梦,却不能说与别的梦无关
无形可以无羁牵系
一丛浪花能分解开数不清的花边丝带
使整面黑涛拐不过弯来
最私密的琥珀,一个夜晚不知产生了多少
神在巡逻救难——
那黑洞是大琥珀,沉积着梦的碎片残渣

9

心脏里似有杠顶着,像有力气在里面
有些东西就是不流逝,像石头待在老地方
一截一截的时光,待在老地方
月亮也是不一样的一个又一个
每一时刻都会有东西让心灵患难

10

夜里在窗内看树在风刀雨鞭中像受着酷刑的兽
除了肢体语言,无一声喊叫,一声怨诉
像演在天地间的哑剧

却有狂涛巨浪般的声响

如无数的喉管共呼号

11

黑夜消融不掉的磨着的磨，磨呀磨

齿碾过齿，之间那需保持弹性韧性的东西让多少神经
　　受刑

无数的磨……

12

退潮的海滩排列着弯曲绵延的浮雕状图案

像从高空航拍下来的群山，也像心律线条

仿佛海是颤抖着退下的

总是不能彻底地退回

一趟趟地留下印记和密码

13

两面耸立的峭壁间

堆垒着湿漉漉的青色卵石，奶白色的泡沫糊在上面

那是海的蛋

海每天都漫上来爱抚,舔了又舔

想起"海枯石烂"

会有什么孵出来

14

那船用身体不停息地压住波浪

波浪又在它面前群山般拱起

不知从哪儿的深山里来的大树弯成它的龙骨

这海水

以这种方式存在多少年了

15

那像由粗重线条勾勒出的白浪

如被捆绑在礁石上扭滚挣扎

满天星辰与它无关,满月之夜与它无关

——受难的灵魂

无边的滚滚肉身也仿佛与它无关

16

修筑环岛路使那片有着起伏荒丘的大沙滩面目全非

一再涌来的浪潮仿佛不是在同一个天地里
会有新的面貌和你相对,需慢慢适应
闭起眼就看见恍如隔世的那个"世"

17

两只小雀还在那藤蔓里上下翻飞
它们是一挂串在一起的最可爱的翡翠扣子
玉兰花香是飘来的白玉扣子
旭日已放出辉芒,西边还有淡得几乎看不出来的月牙
有淹在海面下的山峰比喜马拉雅山还高
那儿是否也有扣眼

18

安静的老榕树下歇着民工,安静的蝉鸣之海罩在上面
几只鸟儿一会儿飞,一会儿散步
仿佛开动了内部的精密仪器,控制着
鸣啭出一汪一汪的静
整个世界一直都在用劲地静,石头永久沉默

19

阴郁的天,终于裂出缝隙,阳光急不可耐地射出来

蝉鸣助兴似的升起了第一阵，又很节制地停住
让草丛里密集演奏会的星云托起
水泥地上一洼一洼的积水暴露了欠佳的施工质量
却使三只蝴蝶变成六只、九只
一会儿在镜里，一会儿在梦里

　　20

大树摇摆得厉害起来的时候
晾衣杆上的衣衫就显得单薄纤弱
在女人迈动的腿上挣扎的裙子，使周围空气跟着挣扎
垃圾袋腾到空中，鸟羽掉下来
那些玻璃窗内的盆栽花草一动不动
我寻找字词重叠组合错置
一再凝视

　　21

那阅读的心如碎水细焰，使一个个字变凉变白
增加还是减弱其成色
自卑还没有自尊扶助的年代
打开一页，就打开了几个久远的画面
荒芜的时日荒凉地错开，你停住

配合那移挪、遮挡

  22

回忆总是伤感,它牵系了当时至此刻相关联的一切
它卡在哪一页岩层里了
人之能事就是制造令最大锤子也无能为力的东西

  23

心脏衰弱的时候才能感觉到心脏
人老了才懂得父母的腿曾经的酸软,手是怎样无力
一个个隐着的不敢碰触的痛穴
那一大块地要插进来的被挡了出去
怜惜这卑弱的肉身

  24

那没拆掉的小楼像一个空的人一样
无声无息地待着已经很久了
住在它旁边,有时也进到里面在门与门之间走走
在丢弃的衣架,过时的挂历前停留
——无法没有意义

一粒尘土如何说清自己

　　　25

从钢筋上脱落的内面光滑的水泥块
表明彼此曾结合得多么严密
肉都在地上了，骨头们还立着
红砖的碎片鲜艳似火，玻璃放纵地破碎
曾经的关节被斩断铰散参差歧出
月光下像龇牙咧嘴的怪兽
一个夜晚比一个夜晚地低矮、温顺
于轮回途中

　　　26

磁铁吸住磁铁，之间密集着挣扎与爆炸
钢条锯断，再接起来，需要炽火在断口燃烧
山不会倒下来，倒下也倒在自己身上，还是山

　　　27

那晚的月亮，带着五色光环在空中飘游
看着它

只看它本身
整个天宇为我俩澄澈

28

眷恋这视野内不足三百米长的白马路
它没有一秒不在动,在变化
孤寂的时候,看着它就觉得有依靠
看成一匹白马,在飞
一片白云,在飘

29

握手,话别,被遗忘了的电话号码转过身去
数字本就有无穷的组合,止不住地行色匆匆
那左胸里信息繁忙堵塞
那手机是个小拘留所
汪洋上白浪在捣毁白浪,雨往上下

30

又是什么晚宴,到处是灿烂气泡在爆炸
那位不知排练了多久的歌手还在呕心沥血地唱

只增加了噪音的拥挤
母亲曾说"穷人手伸出去四周就像石壁"
此刻的四周也像

31

那树丛缓慢细琐地摇动,像我的心情
又豪爽地摇摆起来,像要救出我的心情
棕榈细长的叶片并拢又张开,像做样子给我看
电视里一遍遍播报
让我懂得什么叫万箭穿心

32

到院子里走走
向东,风从前额进入梳理疏通
向西,它又在后脑如流进的山泉
这宽阔运行着的风,没有避开一个小小头颅
那明亮和清透还在里面

33

最无助茫然的时候就转而看你,到处是你

有时一堵墙或别的物体
会显出与我同样的精神状态和我做伴
窗外已高过对面楼房的小榕树
总传达来难以用言语说出的东西

34

那只蜻蜓还在那弯垂的枝条上一动不动
风为这只不知何因
长久地停着的蜻蜓荡秋千
风也为一个心灵荡秋千
空气里满是风的秋千架,让你飘飞

35

那两只鸟儿的红色小喙在爬墙虎的叶丛里面
可以开出墙缝,开它俩自己的心
开地久天长的巷子、箱子
鸟儿飞走的时候,翅膀一扇一扇地
开着天空

36

关怀过于辽阔所以感觉不到,空气一层层站着没有形状

获得无须归还,归还也无限定

不然你永还不尽

总有眼睛睁在我不知道的地方使那树梨花贞洁

能够势单力薄存在的东西必定有更为强大的支持

   37

我把围巾围起来了,这绵羊的绒毛织成的围巾

这用花朵的汁液涸染的围巾

我把肩膀抬起,让脖子与它的柔软温暖贴得更近些

让每一小块皮肤学习更细致密切地感受

这从天地间来

只依附于一个人的围巾

   38

那一小丛轻摇闪烁的绿叶

我把它放进左侧的胸膛里了

我也想让它进到你的生命里

如果可能,把你们的湖水和花朵也赠予我吧

如果可能,我想用这一小丛绿叶

代替所有的证件,越过各种关卡

39

大片灰云在楼房背后飘移

那些无灯的窗和天穹的黑透在一起

像气氛诡异的舞台背景

定定站着,感受,默记

为何呢……

棕树和我并立,它摆动的叶影牵携着我的衣裙

40

屋内的一切似乎都和我一样静止

不远处的环城路无依无靠般地动着

还要这么写下去吗

环城路不是也没有停吗

这个下午才写四行

说明这期间耗去的时空很大

使这四行显得瘦弱,难以撑持

41

黄昏又迈过来了

绿萝的叶影亲密地伸到满是字迹的日历上

夕光把那被磨糊的纸边染成茸茸的金黄

玉兰树叹息般的香

世界如此贴近，无言地倾诉

我的如此凸现的心啊，像在经历熔炼熔化

42

那废墟上四脚朝天的桌子，歪倒的橱子和散落的抽屉

被日晒雨淋几个月了

一旁陆续走过的人，每一个都舞着手势在打手机

像驱赶着空气向前滚动

前进一步，未来就退后一步

从悬崖退下去，已没有勒马者

往回看，全是不屈的未来

43

那马路上方，老树枝丫迷雾般交错

栖着一只褐色小鸟，像久远年代的绢画

而粗干间闯出一棵叶芽初张的小树，又像是稚气的蜡
  笔所为

何等充盈的胸怀啊，止不住辉芒漏射，逼迫而出

有多少事物在深深接受

那个好为人师者又对几个年轻人说教
还留意过往的人是否为之张开耳朵,后来
他们上了一辆小车茫无所知地开了出去

   44

还有谁在看那棵棕树呢
它摇摆得多么优雅,几乎含情脉脉
这是所有叶子不知不觉中的愉悦形成的状态
那些车辆都有一个组装在身上的心脏,它们疾驰着
仿佛知道自身的能量有限
但仔细看,那刚长出来的嫩枝都似乎有力量
不让它们跌翻到外面去……
那河的波纹与弯向它的悬铃木有着一致的律动
把那座拱桥像梦一样搂在怀中

   45

那颗心像柔软的刺球搏动在迷迷茫茫中的缝隙里

2008—2018 年
2020—2021 年修改

后记

有关长诗《不是虚幻》

我平时习惯把一些所见所闻所思记下来,虽然尽量以诗歌的语气和方式,却是碎状零散的。当这样的文字越来越多,似乎可以无止境地衍生下去,心里忽然恐慌起来。这些曾让我担心会一闪即逝的东西都有很强的生命力,像隐着的钟和针,会让你从清晨的被窝里猛地起来,或半夜开窗吹凉风,吃安定。

当我下决心要面对时,确实口和心都苦起来了……但我的生命究竟何时形成的意愿,还有怎样的引领,使我写下一个大题目和十一个小题目,进入创作阶段。

事无巨细,点滴都有情有义,有各自的意志和独特光辉,它们照耀、启示、开拓着作者的生命资源与之互动,据此造出浸润着诗人性灵血氧的诗章,也要求诗人时时纠正心灵来纠正手下的文字,问自己的心,问事物行不行。

尽其所能地探寻那些延伸,除了它还没有长出来的部位。有时越挖越多忽然就绞出一句,让你去抓橡皮擦把之前的辛苦变成灰泥。

把纷乱混杂的线搓成绳要耗时间——那承受无数脚印、叹息、指望的长路是隆重的诗行。

被宠幸的人

出去走走,只是想散散心,活动活动腿脚。可有些东西却在等你,钻到眼睛里来。一旦出现这种情况,就无法跟没事一样,即使脚步没停下来,走过去老远了,它还在那个位置揪你的脑神经,你就有了牵挂,心绪不宁,其实就是欠债了,这样还能撑多久?于是就出现了不得不把它写下来的局面。还得写得妥帖,不然还别扭着,不乐意,非得把它给你的那种意思、那份情意写尽写到位了才行,才完成了任务,身心才能安静下来。

这么说似乎有点嫌烦,其实主要责任还在自己,就像谁说过的"你如果无心怎会发现它有意"。而这"心"还是长年累月积累起来的,和你的性情、意趣、心灵的蛛丝马迹交织在一起,如一座山,历时愈久,小路、秘径就越多,虽然连那山自己也不清楚。如今,它来了,其实是你和它有着隐形的关联,是生命本身的内容,你是欠自己的债,是你对这世界索求太多,或者也可以说成世界要给你太多,你是个被宠幸的人。

我生命的诗就是被如此滋养滋补成长着。回想起来那恩情真是浩大细致神秘，比我所能说出来的多得多。我幼年随当乡村小学教师的母亲住在祠堂或寺院改成的学堂里，有很多恐怖和困苦的经历，但也更切身地感到那无限的爱无所不在。记得有一个放神祖牌的阁楼，堆着学校多年积下来的童话书，星期天或放假时，我和姐姐妹妹就用课桌椅垫着爬上去看书，其实都被我们翻来覆去地看了好多遍了，如果找到一本没看过的，我们就像被突然降临的光芒照耀，身心的幸福之门随之打开……我们还常常用课桌椅搭成一座小屋子，把牙膏壳的上头剪下来穿进一条细纱绳做灯芯，套在一个空墨水瓶口，往里面倒一点煤油，就是一盏可以点亮的灯，虽然只能亮不多的时间，但也如同在宫殿里了……因为祠堂和寺庙多半是在村庄的边上，周围有大片葱茏蓬勃而又荒凉忧郁的乡野，我也常常与其间的植物、昆虫一样迷失在里面……也常常任性地干些与自己能力、体力不相称的事情，比如和村里的孩子们到大山里割草，独自一人到山湾下的海边挖牡蛎，等等，但那仿佛巡逻而至一阵风，一棵小树的侧转，就让你免以掉下悬崖。应该在那时我就是被宠幸的人。

所以有些比较绝对的话我说不出口。我的有过病痛和哀伤的生命不知算不算艰难，但我懂得世界很艰难，也会无奈无助，不知道有多少人真正爱它，珍惜它……而我却有每日的食物，可供四季穿的衣服……人是伤不了世界的，只能伤自己。人太渺小，怎动得了大地的稳固，阻止得了天上的阳光、雨水？你往河道里排入有毒的污水，使禾苗死亡，山谷里草木却旺盛得让昆虫吃到打嗝。种子到处都是，最荒僻的地方都能长出嫩芽，都有鸟儿的幼卵。人在世界里就像在无边无际的怀抱里，人不见了怀抱依然，依然有永不会穷尽的生物。

我最好能像一座湖一样活着。没有四周的悬崖绝壁或水泥石头围挡，湖不可能形成。在烦躁严峻的现实中才能产生静。这样的静，得用工地的大锤、打桩机、切割机锤炼，让它像金刚钻，有对抗、穿透、验证和被验证的能力，不然就经不起一枚小钉的扎。

事物每一瞬息都在因联系的变化而变化，人的感觉也是，一切都在互动中千娇百媚地变异闪烁，越神秘得难以说清就越渗透得细致入微，模糊一片。认真发挥了个人的作用，就是参与创造，参与变化，就是由着充塞着小金桶的自由之身把当时的情状老老实实地倾倒出来。

一阵风使我感动震撼，那是因为它先经过了万事万物，我的微小的心思都连着那繁复隐衷，它们在触动我的秘密，电击般散射开闪闪发亮。

我说话不拐弯抹角，真诚直接，别具一格，因为那是在说你，是你使我这么说。我诗歌里的一个个字、一个个词，都是你的一滴滴水、一粒粒盐、一块块砖、一截截钢筋、一枚枚小钉、一寸寸闪电、星光、细雨、风暴、血管和神经，让我就这样慢慢挨近你，我是和你关系最密切的人。如果我越来越不经意地说出你，那是你越来越不经意地进入我的心里。

就这么一再地感应我,逼迫我,激活我,让我在孤独中繁荣充盈,我是被宠幸的人。

那永恒的真性情

越来越感到,人类是有着总体的真性情的,在历经混沌、蒙昧、无数的变更、淘荡、过滤的共同基因里。比如,把一个幼小的孩子放在一个空气清新的花园草地上,他就会开心地笑起来,手舞足蹈,眼睛发亮;如果放在一个烟雾弥漫、逼仄嘈杂的地方,就会不舒服地哭闹,这种直觉是与生俱来的。与万物共存的世界一样有着真性情——喜欢自己朴实点,朴实地进步,和谐天然。

世界包含的不同因素太多,免不了会像一个一直难以筑好的蜂巢一样嗡嗡响,还无法决然按照自己的真性情发展。比如人性中潜藏的"魔鬼"引起的接连不断的战争、对自然的破坏、各种明争暗斗、掠夺等都能使其偏离、扭曲、阻塞。而个体的人,经历了现实中的种种,被虚荣心、欲望等等鼓动起来的人生观,如果不时时警醒,心灵那最初的泉眼就会被遮没,感觉不到了。

人的内心又是极其复杂的,变幻莫测到不能条分缕析。比如你看她正笑着,忽然就像被身体里哪道边门的风给吹灭了。比如本来一句话就能说明白的事,却在层层遮挡阻隔的迷雾里模糊不清、面目全非。遭遇堵车时，就有人把息息相关的正负面给颠覆过来，恨不能回到古代，古代什么都好，没问一问自己怎么也买了车，也坐飞机回老家，怎么不骑驴子去。

有些宾馆和家居装了很多灯，却没有一盏能照亮你读的书，让你看清里面的字。但很多家用电器只需摁一个键就能干活了。

宠物已被宠得有衣服穿，搂着抱着，却还得被链子环住脖子。我的朋友说在一个夜晚她把宠物猫放到林子里去了，还带了它平时爱吃的食物放在一棵树下，以为它会吃一点走或饿了再寻回来吃，没想到那猫却箭一般冲将而去，再也没回头。我的朋友说它是只有头脑的猫，常常独自在阳台望月亮。我想也许它想跳到楼下去跑走，却又觉得这么一跳会欠了养育它的主人的恩情债，而现在既然主人自愿放它走，它就身心无负担，哪怕夜晚再漆黑，对于它就是自由。我的朋友说，还好没给它去势，这样它还有生命的活力。我的朋友是善良的，这只猫是幸运的，现在它将过上符合作为猫的真性情的生活。

真性情是互动着存在的，如果更多人以真性情处世，世界就不会有那么多多余的拖累。

那围绕着我们的不可知的力量，时刻在变化中。人看那梢头的叶片颤动，却不能去问那树，人看树大幅度甩动搏斗起来，就害怕，人其实是脆弱的。精神越精细想得越多就越能在虚空中生出刀剑绳索来。

望远镜、显微镜能看见别人，别人也能用它来看见你。如果有一种软件会让人的大脑无法藏住秘密，估计谁都不会接受。人盖房子，房子里有柜子、橱子、地下室和锁，就是喜欢自己被保护，有地方遮藏，这是人的天性。不要说人，连昆虫禽兽都有自己隐秘的窝巢。人其实是需要一种适合自己真性情的现代社会。世界前进是必然的，即使绕一个圈回到原点，这个原点已不是原来的那个，而是有着智慧的主心骨，不会由鬼魅巫师们糊弄的。

　　世界一定会随着真性情发展，哪怕要一再地纠正平衡，就像一首难以完成的诗，其实是你真要表达的跟你血肉灵魂相关的东西还没有完全出来，你感到它的存在，却又朦胧着，缠绕复杂细微，还没有行得通的语言渠道让它出来，而当你一再丰富凿通自己，全身心偎贴进去迎接汲取，那些相关的东西又有了茫茫的伸张和变动，要一再地跟进、获得、调整，需用很大的空间和力量，如一个无数零件振荡颤动的大机器，为了一个必要的目的。

　　真性情是一根强壮的筋，终会纠正一切的扭曲和摇晃。

　　曾经去过一个叫"不夜城"的地方，那各种名目混杂的疯狂像快要爆炸，我感到世界的心在难受疼痛，而不远处的太平洋漆黑着，远处横着一道被星光耀出的蓝，让我感到深切的慰藉和依靠！感到宇宙那永恒的真性情。

伊　路
2022 年